Bad Land
Saga II
THE FRONTIER RECONSTRUCTION RECORD
BY A REINCARNATED BOY
WHO DON'T KNOW
HE WAS MAXED OUT OF CHARISMA
MAMIZU KISHIWAKA presents / Illust. by EITO NISHIKAWA

フーシャンクラン・タヌカン
『濁り』のイサラ

『セシダンテ！《聞け》 ウトゥギル《弱虫の》 マッキャノン！《マッキャノども》
ア《俺は》 フーシャンクラン！《フーシャンクラン》
ヘサ ヴァグナ！《この剣は》 ジュダ ヴァグナ！《伝説の剣》
ヘサ《これは》 チヨノヴァグナ!!《紺碧剣だ》
ハステル マッキャノン《お前たちを殺す》 ヴァグナ!!《剣だ》』

「あなたには特別に
私を愛称で呼ぶ事を
許してあげるわ」
「じゃあ……リア」
ハリアット

バッドランド・サガ

~カリスマ極振り異世界
転生者の無自覚辺境再建記~

I

[著]岸若まみず　[絵]ニシカワエイト

Bad Land Saga

THE FRONTIER RECONSTRUCTION RECORD
BY A REINCARNATED BOY
WHO DON'T KNOWHE WAS MAXED OUT OF CHARISMA

OVERLAP

Bad Land Saga I

Contents

THE FRONTIER RECONSTRUCTION RECORD
BY A REINCARNATED BOY
WHO DON'T KNOW
HE WAS MAXED OUT OF CHARISMA

map
タヌカン領周辺地図
ズヴァイベ
EAST
ベント教国
フォルク王国

マッキャノ
タヌカン領
タヌカン城
城下町
港
WEST
カラカン山脈
Bad Land Saga
Volume One

プロローグ

異世界転生というものをしてみたいと思う人は、世の中にどれぐらいいるのだろうか。

パラダイスに行きたい、人生をやり直したい、そう思う人はたしかに多いのかもしれない。俺も生前は、仕事ばかりで息苦しい生活の束《つか》の間《ま》の潤いに、よく異世界転生というジャンルの小説を読んでいた。

ごく普通の人間がこの世とは異なる世界へと生まれ直し、特殊な力を得て自由奔放に生きていく。好んで読んでいたのは、だいたいそういうわかりやすくて楽しいものだ。

ある者は血が滾《たぎ》るような冒険をし、ふるいつきたくなるような美姫《びき》を抱いて玉座に昇り。またある者は強大で愛嬌《あいきょう》のある魔獣を従え、不毛の地を肥沃で美しい大地へと開拓していった。小説の中身がご都合主義であればあるだけ楽しめたし、荒唐無稽であればあるほど、忙《せわ》しなく過ぎていく日常から離れられた。

しかしそれは、それらの物語がフィクションであるからだ。自分と関係のない世界だからこそ、楽しめたものなのだ。

「我が世界に旅立つ放浪者よ、そなたの望む力を申せ」

「マジかよ……」

自分の人生をきちんと生ききったはずの俺は今、そんな異世界転生もののテンプレの流れの中にいた。自分自身が異世界に行きたいなどと、そんな事は一度だって思った事はなかったのに……。きっと異世界には大好きな異世界小説も、アニメも漫画も車もラーメンもないだろう。俺は今、そんな地獄のような世界へと放り込まれようとしていたのだった。

とはいえ仕事柄切り替えは早い方だったので、すぐに気を取り直して尋ねた。

「それ、力ってどんなのがあるんですか？」

「言ってみるがよい」

俺の問いかけに、光の柱がそう答える。

「あなたが神様？」

答えはなかった。

「じゃあ、前世のものを取り寄せられる力をお願いします！」

俺は一縷《いちる》の望みをかけ、光に向けて手を合わせて頼んだ。前世の本や食べ物なんかを手に入れられるのであれば、見知らぬ土地といえどもそこそこ楽しめるかもしれないからな。

「その力はない」

がっくりだ。

「じゃあ、前世のものを買える力を……」

「その力はない」

まあそうか。

「じゃあ、多言語翻訳をお願いします！」

次に考えたのは、現地の本などを簡単に読めるであろう、翻訳の力だった。そういうつぶしが効く力なら、権力者に取り入れれば食いっぱぐれもないだろう。と、俺はそう考えていたのだが……。

「その力はない」

返ってきたのは、冷たい否定の言葉だった。

「えっと……じゃあアイテムボックスで！」

「その力はない」

「あの、どんな力があるんですか？」

「…………」

答えはなかった。どうやらこの光の柱は、自動応答のシステムであるらしい。

「じゃあ……テレポーテーション！」

「その力はない」

「全属性魔法！」

「その力はもうない」

おっ、光の柱の返答が変わった。

「風魔法！」

「その力はもうない」

「お金無限湧き！」

「その力はない」

「火魔法！」

「その力はもうない」

どうも、スキル取得は早いもの勝ちらしい。そしてこの感じだと多分、こうして異世界に送り込まれる転生者は俺だけではないのだろう。

「俺以外にも転生者がいるんですか？」

「………」

答えはなかったが、そうと仮定して動いたほうが良さそうだ。そして俺はその考えを念頭に置いて、光の柱へと思いつく限りのスキルを投げかけ続けた。

「話術！」

「その力はない」

「テイマー！」

「その力はない」

「創造！」

「お前の徳では足りない」

徳と来たか……徳ならそりゃあ足りんわな。まぁ自分の事をことさら立派な人間だとは思わないから、別にいいんだけどさ。

「同行者！」

「その力はない」

……それから、どれだけの時間がたっただろうか。俺は頭の中の全ての知識を絞り出したが、未《いま》だ先人たちの努力には敵《かな》わずにいた。もう諦めて普通の人間のまま転生しようともしたのだが、どうも何かしらのスキルを手に入れないと転生できないようだった。

精根尽き果てた俺は床に突っ伏したまま、時々頭に浮かんでくる言葉を投げかける事しかできないでいたのだが……ある瞬間、ブレイクスルーが訪れた。

「火魔法の……スペシャルスキル」

「その力はない」

「火魔法の……デラックススキル」

「その力はない」

「火魔法の……グレートスキル」

「その力はない」

「火魔法の……マスタリースキル」

「その力はもうない」

「……うおっ！　マスタリースキルいけんのか！　じゃあ……土魔法のマスタリースキル」

「その力はもうない」

「水魔法のマスタリースキル」

「その力はもうない」

「風魔法のマスタリースキル」

「その力はもうない」

「錬金術のマスタリースキル」

「授けよう」

「えっ……マッ……うおおおおお！！！」

床に寝そべっていた俺は、その言葉に跳ね起きてガッツポーズをした。

光の柱の隣には、グネグネと渦を巻く旅の扉のようなものが出現していた。

「よっしゃー！　これでようやくここから出れるぞ！」

「お前にはまだ徳が残っておるぞ」

光の柱はそう言うが、これ以上ここにいるのなんかまっぴら御免だ。だいたいこういう時に欲をかいていると、たいしてない徳がもっと下がりそうな気もするしな。と、そう考えた俺は光の柱に手を合わせ、一礼をした。

「もういいですよ、なんか適当に振れるなら振っといてください。どーも長々とお世話になりました」

「では基礎能力値に加算する」

「じゃあそれで、よろしくおねがいします神様！　行ってきまーす!!」

もうこれ以上一秒たりともこの空間にいたくなかった俺は、そう叫びながら助走をつけて渦へと飛び込んだのだった。

…………

「究極錬金術、一万の徳を使用。残り十五億三千六十二万千六百二十八の徳を基礎能力値に加算。ダイスシステムを起動。半、半、丁、半、半、丁、丁。魅力《カリスマ》に全てを加算。放浪者《ワンダラー》へ告ぐ、良い旅を」

第一章

The Wanderer

悪い土地《バッドランド》に、俺は生まれた。

死んだと思ったら、次の瞬間いきなり生まれ直していた。これはおそらく、生前よく読んでいた小説に出てくるような状況、いわゆる一つの異世界転生ってやつだろう。

「相変わらずカラッカラに乾いてんなぁ……」

今生の実家であるタヌカン辺境伯家の住むタヌカン領、そこにあるから名前もそのままのタヌカン城。その城の塔の上から見える大地は、見渡す限り全てが荒れ果て……ただ海風に吹き上げられた土煙だけが、もうもうと舞っているような有様だった。ビルや鉄道網どころじゃなく、文明の痕跡そのものがない、正真正銘のどうしようもない未開の地だ。

だが、俺はこの土地がそう嫌いなわけではなかった。寒いは寒いが、冬に海が凍るほど寒いわけじゃない。荒れているといっても、産業廃棄物や汚泥が積み重なっているわけでもない。あくまでも自然のままにありのまま、いっそ美しいぐらいに、この荒涼とした土地は人間を拒絶しているのだった。

「フシャ様、今日は何かいーもの見えますかぁ？」

「なぁんにも」

Bad Land Saga
Volume One.

首だけで振り返ってそう答えると、親が俺に付けてくれた女騎士のイサラは、金の巻き髪の先にある枝毛を弄《もてあそ》びながら「そーですか」とつまらなそうに呟《つぶや》く。そんな彼女の指元に小さな光が纏《まと》わりついたかと思うと、子供が笑ったような声がすると同時に枝毛がぷつりと切れて燃えた。

「そんな事に魔法の力を使うなよ」

「ナイフで切るのも妖精で切るのも一緒ですよぅ」

そんなやり取りを見ていた俺の世話役のグル爺《じい》は、手元の手帳に何かを書き付けながら……ガラガラに割れた声でくっくっと笑った。

「それにしても、フシャ様も明日にはご自身で外へと出られるというのに、よく飽きもせず眺めていられるものだ」

「飽きたって他に見るもんもないしなぁ。書庫の本も全部読んじゃったし」

グル爺にそう言いながら、俺は見飽きた大地に視線を戻した。

俺は十年前この世界に、フォルク王国はタヌカン辺境伯家の三男、フーシャンクランとして生まれてきた。髪と目こそ前世と同じ黒髪黒目だが、顔つきはばっちりこっちの顔だ。

三男といえば上に家を継ぐ長男とそのスペアの次男がいる都合上、貴族とはいえ結構ぞんざいに育てられるものらしいが……なぜか俺は城中の人間から蝶《ちょう》よ花よといった感じに甘やかされ、世話を焼かれ、城から外へも出さない過保護っぷりで大切に大切に育てられた。

従者として付けられているイサラだってそうだ。王都の剣術大会で優勝した経験もあるという、城内有数の有望株である彼女は、比較的年が近かったという一点だけで俺に付けられていた。

それだけではなく、本が読みたいと言えば躊躇《ためら》いなく書庫の鍵を預けられ。それどころか錬金術の本を読んだ俺が「なんとなくできそうな気がする」という話をしただけで「やってみなさい」と城の塔の一角を研究室として与えられたりもした。

俺はこれまで封建主義の社会に生きた事はないが……いくら支配者層の息子とはいえ、この厚遇されっぷりが普通でない事はなんとなくわかる。

きっと俺がこうしてちょっと奇妙なぐらいに大切にされるのも、うちの親父殿《おやじどの》がよく城内を治めていて、その彼に目をかけてもらっているというのが大きいのだろう。実際その子供を大切にする教育の成果はすでに出ていて……俺がまだ会った事のないうちの長兄なんかは、王都ででかい派閥に潜り込んでバリバリ国政に携わっているらしい。

なんとなく、期待が重いような気もするが……まぁ為政者の息子に生まれてしまったのだ、それも致し方ないのかもしれない。こうして親の慈愛と権利を享受して育ったのならば、俺にもいつか何らかの義務を果たすべき日がやって来るのだろう。

「グル爺、明日は晴れるかな？」

「明日も明後日《あさって》も明明後日《しあさって》も、カラカン山脈がそびえ立つ限りはずっと晴れですとも」

そう言ってグル爺が節くれだった指で差したのは、城の南にある高く険しい、飛竜の住むカラカン山脈だ。天から下ろされたカーテンのようにも見えるその大山脈は、南方からの温かく湿った空気を遮断し、こちら側の大地をカラカラに干からびさせている。

そして城の西にある真っ黒な深い海から吹きつける風は塩を含み、建造物を朽ちさせ、作物の成長を妨げた。そんな乾燥と塩害のダブルパンチのせいで、山と海の他にあるのは地平線まで見渡す限りの荒れ果てた原野ばかり。風化してボロボロの枯れた峡谷も見えるが、そこに何があるというわけでもない。

水も土も悪く、作物も育たず。そして荒野の外の草原地帯に住む異民族たちや、どこからか飛来する魔物によって常に脅威に晒《さら》されている。

フォルク王国の北の一番はじに、ポコンとコブのように飛び出したどうしようもない土地。そこが俺の生まれたタヌカン辺境伯家の縄張りだ。

そして俺は明日、生まれて初めて城から出て……この塔の上から見えるものだけではない、タヌカン領の実際の様子を、自分の足で歩いて見に行くのだ。

「フシャ様、あまり風を浴びてはお体に障りますぞ」

「わかってるよ、明日は外に行くんだからな」

まだまだ背が低い俺のために用意された踏み台から下りようと振り返ると、そこにはイサラが手を出して待っていた。

「そこに段差がありますよ」

「わかってるよ」

過保護なイサラに手を取られて踏み台から下りた俺は、彼女とグル爺に左右から挟まれるようにして塔の屋上出入り口へと歩き始めたのだった。

翌日、きっちりと鎧《よろい》を着込んで剣を腰に吊《つ》ったイサラに手を引かれ、俺は城から外へ出た。しかし、望んでいたような景色はちっとも見えない。なぜかというと俺の周りに、城の正門を通るのも不便なぐらいに大量の護衛がぞろぞろと随伴していたからだ。

「こんな人数大げさじゃあないか？　ちょっと城の周りを見にいくだけだし、護衛は何十人もいらないだろ」

「そんな事ありませんよぅ、異民族が襲ってきたらどうするんですか」

「敵襲が来たって逃げ切れないようなとこまで行かないよ」

眉目秀麗、才色兼備、妖精による魔法を織り交ぜた剣術で、タヌカン最強の剣士の名をほしいままにしているイサラの欠点は、どうにも俺に対して過保護すぎる事だった。せっかく十歳になって父から外出許可が貰《もら》えたというのに、これじゃあ城にいるのと変わらんぞ。

「そこに段差がありますよ」

イサラの指差した先には、小指の先ほどの深さの地面のくぼみがあった。俺はその段差を一足に踏み越えながら、小さくため息を吐《つ》く。

「五歳児じゃないんだ、手は繋《つな》がなくていい」

「手を離すと迷子になっちゃいますよぅ」

「なるわけないだろ」

ようやく城から城下町へと出られたというのに、俺の背丈ではひしめき合う護衛たちのせいで何も見えない。俺が普通の幼子なら、城の外の世界には中年男性の背中しかないのだと勘違いするかもしれない状況だった。

とにかく、城下町の様子だけでも見なきゃあ外に出てきた甲斐《かい》がない。俺は前を歩いていたのっぽの騎士の尻をぽんぽんと叩《たた》いた。

「なんでしょう?」

「おんぶしてくれない?　何も見えなくてさ」

「かしこまりました」

くるりと巻いたひげがチャーミングな騎士がしゃがむと、俺はその広い背中に飛び乗る。そしてゆっくりと視界が上がると、護衛たちの頭の向こうに少しだけ城下町が見えた。

こんなにも自分を大切に育ててくれている、人徳溢《あふ》れた親が治めている領地だ。研究室がある塔の上から見えるタヌカン領は、荒れ地と海と山だけだったが……きっと城下町はそこそこ人のいる港町なのだろうと、そう思っていた。だから俺は、それを最初見間違いかと思ったのだ。

「肩車にして」

「かしこまりました」

さきほどよりも高い視線でもう一度見たが、それはさっきと何一つ変わらなかった。

「マジかよ……」

そう、砂埃《すなぼこり》にまみれた石造りの町は、いっそ笑ってしまいたくなるぐらいに寂れきっていたのだ。

城の真ん前の大通りだというのに人通りは少なく、小汚い服を纏った男たちがところどころに座り込んでいるだけ。建物はそこそこあるのに、笑い声のひとつも聞こえてこず、食べ物の屋台どころか、煮炊きの煙すらあまり見えない。

そんな町に住む人間たちはみんな一様に痩せて、つまらなそうな顔をして、背中を丸めている。どうも俺が望んでいた本屋や劇場みたいなものは、まるでなさそうな町だった。

「食べ物が足りてないのか？」

隣を歩くイサラにそう聞くと、彼女は周りを警戒するように視線を巡らせながら、あまり興味がなさそうにこう答えた。

「あんまり足りてないんじゃないですかね。ここらへんじゃあ作物が穫《と》れる土地ってのは貴重なんですよ」

「じゃあふだん俺たちが食べているパンとかは？」

「城の麦はよそから買ってるんですよぅ」

まあ、こんな荒野でまともな農業ができるわけもないか……でもそれにしたってこれはひどい。想像の上をいくとんでもない寂れっぷりに、俺は正直唖然《あぜん》としていた。

「じゃあうちの領の人たちって、何を食べて暮らしてるの？」

「船を出して魚を取っているので、それを食べたり……あとは海の近くでも育つような野菜を作ってるみたいですけど」

イサラにそういう質問をしている間にも、俺を肩車した騎士はどんどん進んでいく。

それにしても、本当に見れば見るほどひどい。タヌカンの城下町というのは、もはや朽ち果てて砂に戻りかけているような町だった。

それでもうちの城ができた当時に計画され、しっかり石材を使って作られたらしいこのメインストリート沿いの建物はまだ形を保っている方で……そこから一本道を逸《そ》れれば、土と泥で作られたような建造物ばかりが並んでいる。当然空と海の青と山の緑以外に色彩なんてものはなく、全てが灰色で構成されていた。

「それにしても土でできた家ばっかりだけど、山から木を切ってきたりはしてないのか？」

「切ってはきてるんでしょうけど、町からはちょっと距離がありますし、ほとんどは船に使ってるんじゃないですかねぇ。まずは漁をしなきゃ食べていけないでしょうから……」

そう言いながら、イサラは急に剣を抜き放った。

「どうした？」

「いやぁ、ちょっとねぇ……」

イサラが後ろを向くのに合わせ、俺も騎士の上で首を回すと……俺の後ろを守る騎士たちの向こうに、町の人たちがぞろぞろとついて来ているのが見えた。

「フシャ様、ちょっと耳を塞いでてくださいよぅ」

「うん」

俺が耳を塞ぐと、イサラは何事かを呟いた。すると彼女の髪の中に隠れていた妖精が飛び出してきて、剣の周りをくるくると回りだす。妖精がじゃれついた剣は俄《にわか》に燐光《りんこう》と微風を放ち、小刻みに振動し始める。

『それ以上近づかないように、騎士に触れれば即刻斬り捨てる』

そして振動する剣身に向けてイサラが言葉を話すと、それは大きく増幅されて町へと響いた。どうやら彼女が剣を抜いたのは、音声を増幅するためだったようだ。

だが彼女から注意を受けた町の人たちも、別に何かをするつもりはなかったようだ。彼らはそれ以上近づいてくる事もなく、少し遠巻きにするようにしてこちらを見ていた。

「俺たちが物珍しいのかな？」

「まあ、これだけの数の騎士はめったに町へ出ませんから」

それなら、やはりもう少し少人数で出てきた方がよかったんじゃないだろうか……そんな事を考えながら周りを見ていると、ふと路地の方に目がいった。

「止まって」

「あ、はい」

なんだか、路地の中のうっすら日の当たる場所に、何かが蠢《うごめ》いたような気がしたのだ。

「あっちの路地の方に行ってみて」

「わかりました」

言われるがままに路地へと近づいた騎士の上から、目を凝らしてよく見てみると……そこにいたのは俺と同い年か、それよりも幼いぐらいの子どもたちだった。彼らは雑草で無理矢理編んだような筵《むしろ》に包《くる》まるようにして、寄り集まって震えているようだ。

「フシャ様、どうかしました？」

「あれは？」

「はぁ、おそらく孤児《みなしご》ですね」

「親は？」

「死んだか捨てたかじゃないですかね。つい最近も山脈の向こうからやってきた一団がいましたが……その中にいた子どもたちかもしれません」

「あいつらはどうやって生きてる？」

「海に潜って貝を取っているところを見かけた事があります」

貝取りか、しかしその暮らしだと冬は越せなそうな気がするが……。

「誰かが孤児《かれら》の面倒を見たりはしないのか？」

俺がそう聞くと、イサラは肩車されている俺に顔を近づけ、「しません」ときっぱり答えた。

「フシャ様はよく本を読んでますけど、流刑地《るけいち》ってわかりますか？」

「ああ」

「この辺境伯領ってのは、そういう場所なんです。他にいられなくなった人が流れてきて、苦しんで死ぬ、それだけの土地です。そこにいる人に、子供を助ける余裕なんかないんですよぅ」

イサラは垂れ気味の目の奥の瞳で、まるで値踏みでもするかのように俺を見つめながら……何でもない事のようにそう言った。

「そうか。でも、子供の面倒を見る大人がいないのは問題だな」

子供を大事にできない社会の先行きは暗い。とはいえ自分自身が生きるのに必死な状況では、他人に手を差し伸べていられない……というのもわかる。弱いものから割を食っていくのは、仕方のない事なのかもしれない。

と……前世の俺ならば、そう納得して諦めて終わりだった。だが今世の俺は、バリバリの為政者側で、錬金術なんて力まで持っているのだ。

別に善人ぶろうってわけじゃあないが、この状況のままでいいとも思わない。俺も十歳になって行動範囲も増えたわけだし……ここらで実家のため、自分のため、そしてあの子供たちのために、できる範囲で何かしてみるというのもいいかもしれない。

なんて、子供たちを眺めながらそんな事を考えていると……なんとも言えない笑みを浮かべたイサラがもっと顔を近づけてきて、とんでもない事を言いだした。

「まあでも、今はこんな状況ですけど……フシャ様の治世ならわかんないですよねぇ。案外ああいうのも、フシャ様ならなんとかしちゃうんじゃないですか？」

「俺の治世ってのは何だよ、それを言うなら兄貴の治世だろ」

笑いながら危ない事を口にしたイサラの鼻先を、小さな掌《てのひら》の背でピシャンと叩く。主の危機かと彼女の髪から飛び出してきた妖精が、鼻を擦《こす》る彼女を見てキャハハと笑った。

こいつは俺の直属の部下だ、危ない言動を許すと俺まで疑われる恐れがある。まだまだ子供の身とはいえ……貴族という権力構造の中に身を置く以上、こういう態度は常にはっきりと表明しておく必要があった。

「でも上の兄貴なら、こういう問題も根っこから変えてくれるかもしれないな」

この領の跡取りである上の兄貴のリーベンス、俺はまだ彼に会った事がない。だが彼が有能でやり手であるという話は、よく耳にしていた。なんでも、王都へ赴いた学生時代に第二王子と断金の契りを交わし、今もその右腕だか左腕だかとしてバリバリに活躍しているそうだ。

そんな長兄の王都での頑張りのお陰で、この領に来てくれる商人の船も増えたとグル爺が言っていた。彼が領主となった暁には、きっと将来この土地をより良く治め、まず間違いなく孤児たちの事だって救ってくれるに違いないだろう。

だが、それはそれとして……それまでの間に誰かがその問題を解決したって別にいいわけだ。子供たちが路上で雨に打たれ、飢えや寒さに苦しんでいるのは正直見ていられない。それに今の俺程度の力でも、頑張って畑を作れば子供の飯の問題ぐらいはなんとかできるはずだ。

「ちょうど書庫の本も読み切っちゃったとこだしな」

何より、俺は心底退屈していたのだ。

色々ともっともらしい理由をつける事はできるが、それが一番大きな理由だったかもしれない。また明日からも塔の上から荒野を眺めて暮らすぐらいなら、城から出てタヌカン領のために働いた方がずっといい。

俺は前世から、努《つと》めてシンプルに生きてきた。問題があって、自分にやれそうな事があるならば、何だってすぐにやってきた。損も得も、いつだって動いた後からついてくるものだった。

「父さん、城の周りで畑をやってもいい？」

だから、初めての外出から帰ってきた俺は、執務室にいた父に対して単刀直入にそう言った。

それに対して、筋骨隆々の体を小さな机に押し込めるようにして仕事をしていた父デントラは、厳《いか》めしい顔をちらりとこちらへ向けて「育たんぞ」と答える。

たしかに、畑っていうのは土と水が大切だ。ここらへんの土や水はそりゃあ酷《ひど》くて、普通にやれば当然作物は育たないだろう。しかしそこに関しては、俺が錬金術でなんとでもできる分野なのだった。

「大丈夫。俺が錬金術で水と肥料を作る。町の孤児を雇うつもりだから、人手はいらないよ」

「そうか、じゃあ警備がいるな」

父は俺の錬金術の腕には一切疑いを持つ事なく、すぐに一歩踏み込んでそう言った。

「え？　なんで？」

「食えるものがあれば生き物は寄って来る。それは異民族だろうと貧民だろうと変わらんよ、獣だろうとな」

そう言われると、たしかに町の人々のあのくたびれようでは、畑を作ってもちょっと芽が生えた時点で根こそぎ持っていかれそうな気がしてきた。

「フーシャンクラン、この城に食べ物を狙って入る盗人《ぬすびと》が毎年何人いると思う」

「え？　毎年？……二人ぐらいかな？」

答えを聞いた父はため息をつきながらペンを置き、きしむ椅子を引いて立ち上がる。そして見上げるような背丈の彼は、床を軋《きし》ませながらこちらへとやって来た。

「去年は二十人だ」

「二十!?」

彼は俺の前に来るとしゃがみ込み、しっかりと目を合わせて続けた。

「フーシャンクラン、町を見たか?」

「見た、寂れてた」

「この土地は辺境伯領とは名ばかりの、フォルク王国から飛び出た砦《とりで》だ」

「砦?」

「そうだ、異民族を堰《せ》き止めるためだけに、大山脈の壁の外に置かれただけの砦だ。だからここは最初から、民を食わせていく事など考えられていない。町にいるのも、他のどこにもいられなくなって流れついてきたあぶれ者ばかりだ」

だから、救う必要などないのだなどと、そんな事を言う父ではない。つまりこれは、覚悟を問われているのだろう。これまで良くない状態とはいえ、一応は保たれてきたバランスを……あえて俺が崩すという覚悟をだ。

「お前がそんな状態の民の前に美味《うま》そうな餌をぶら下げれば、今年の盗人の首は百を超えるやもしれん。それでも、やるか?」

父は大きな掌を俺の肩に置き、そう尋ねる。俺はそれにゆっくりと頷《うなず》いて、答えた。

「やるよ。なんなら孤児と一緒に、もう百人を食わせるぐらいの畑にする」

「ならば、やれ」

父は微笑を浮かべてそう言った。そのまま俺の腰を抱え上げ、執務室の窓際へと歩み寄る。そしてそこから見える荒野と寂れた町の中で、城門近くの場所を指差した。

「畑はあそこへ。夜は警備に兵を何人かつける、昼の間はイサラだけでも十分だろう」

「ありがとう！　父さん！」

「フーシャンクラン、お前ももう十歳になった。色々と試してみるのもいいだろう。だが、自分が強い力を持っているという事をきちんと理解して、慎重にやりなさい」

父はそう言って、大きな掌で俺の頭を撫《な》でて床へと下ろし、また仕事へと戻っていった。きっと彼が言いたいのは、錬金術であまりやりすぎるなよ、という事なのだろう。

錬金術というのは科学のようでいて、実はなかなかセンスの必要な芸術的な学問だ。騎士団のために軟膏《なんこう》作りをしていた時、イサラや他の騎士に手伝わせてみた事もあるが……どれだけ詳しく解説して実演して、同じ手順でやらせてみても全く上手《うま》くいかなかったのだ。

つまり父が言いたいのは、俺が錬金術で頑張って全てを解決してしまうと、俺がいなければ立ち行かない半端な計画になってしまうぞ、という事なのだろう。と、そう思っていたのだが……現実はもっとシンプルだった。

その日の夜更け、俺の寝室に「ご報告があります」とグル爺がやって来たのだ。そして、俺付きのメイドであるリザに髪を梳《と》かされながら聞いたその報告は、とんでもない内容だった。

「え？　騎士のみんなが町の孤児たちを養子にしちゃったって？」

「左様でございます。寄る辺なき幼子を庇護《ひご》せず、我が身だけを大事に暮らしていた事を男として恥じると、皆そう言っておりました。畑には城から通わせるので宿舎は不要です」

グル爺がなんだか満足気にそう言うのを、俺は肩を落として聞いていた。

つまり、これはあれだ。うちの家に仕える騎士があれだけ周りにいる中で、これ見よがしに「問題だ」なんて言ってしまった事で……俺は彼らに忖度《そんたく》をさせてしまったのだ。

貴族なんて言っても三男だ、自分の言葉なんて羽のように軽いと思っていた。だがそれがこうだ、俺は身勝手な発言で彼らの人生計画を曲げさせてしまったのだ。

これじゃあとんだパワハラ野郎じゃないか……。

父の言っていた「強い力」というのはこの事だったのだ。

辺境伯家の三男としての自覚を持てという話だったのだ。

「畑、さっさと作らなきゃな……」

まさに後悔先に立たずだった。もう今の俺にできるのは、せめて彼らの負担を軽くする事だけだ。

然《しか》してこの翌日から、俺は塔の研究室をフル回転して、大量の肥料と水を作り始めたのだった。

荒野に天使遣わさるる。
城より歩み出て、騎士に跨《またが》って町へと来たる。
顔つき可憐《かれん》にて、尋常の人の身でない事一目瞭然也《なり》。
鈴を鳴らすかの如《ごと》き美しき声に誘われ、家々から人々出《い》ずる。
町中の者騎士たちにつき従ひ、大きな列となる。
天使様がそのまま海へ入られれば、十中十、皆がその後を追った筈《はず》である。
途中、我らの事をご覧になった天使様は仄《ほの》かに光られ、従者の声大きく響く。
寄らば斬ると言われども、戻るもの一人もおらず。
天使様、曇りなき眼《まなこ》にて町を見、天を見、海を見、地を見て城へと帰らるる。
老人に拝み入る者あり、若人に感じ入る者あり、悪人に改心する者あり。
翌朝常なきほどに海静まりて漁捗《はかど》る、其《そ》は神の御《み》使《つか》いの証左である。

網元の日誌

錬金術は魔法ではない、かと言って科学なのかと言えば、そういうわけでもない。魔法のように無から有を作り出す事はできないが、成分の抽出や組み換えは、科学技術とは比べようもないほど小規模な設備で可能になる。利便性においては俺の前世の科学をちょっと超え、生産性においては遥《はる》かに劣る、そういう学問だ。

しかし重要なのは、俺が本で読んで覚えた程度の錬金術でも、簡素な施設や粗雑な触媒、そして整わない条件などをほとんど無視して化学反応をおこせるという事。つまり、ほとんど何もないような荒野の中にあっても……空気や海水から、真水や肥料や土壌改良材の材料を取り出す程度は、簡単にできるという事だ。

だが、土地を開墾して土を耕すという事に対しては、錬金術は何も役に立たない。だから俺は最初、夏までに十メートル四方、つまり一アール程度の畑ができれば上出来かなと思っていたのだ。

なんてったって、働くのは俺を含めて全員が子供なのだ。それはそれはキツい仕事になるはずだった。だが俺の目の前には、すでに開墾されて畝まで作られた……百メートル四方、一ヘクタールの畑があったのだ。

「俺が肥料作ってる間に、畑もうできてんじゃん……」

「五日前ぐらいに騎士団の養父会がちょっと手伝うって言ってたじゃないですか」

俺の護衛兼、唯一の大人の配下であるイサラはそう言うが……俺としてはちょっとというのは、子供に鍬《くわ》の振り方を教えるぐらいのものだと思っていたのだ。掘り起こされた地面はかなり乾いていて、既にサラサラと風に流され始めていたが……それでも保水性を補ってやれば、十分に畑として使えそうだった。こんなにも手伝わせてしまったのでは、騎士たちには結構な負担をかけてしまったかもしれないな。

「結局養父会だけじゃなく、騎士団みんなが代わる代わる来てワイワイやってたらしいですよ」

「ああ、みんなで手伝ってくれたのか……今度何かお礼しないとな」

……まあ、想定とはだいぶ違ってきたが、計画が前倒しになって悪い事なんか何もないのだ。という事で俺は気を取り直して、さっそく翌日から子供たちとの作業を開始したのだった。

「じゃあ俺が土を良くする薬を撒《ま》いていくから、皆はそれを混ぜていって」

「「「はーい!!」」」

初めて見た時よりもだいぶ血色も良くなり、元は養父たちの物なのだろうダボダボの服を着た子供たち。彼らは俺が支給したスコップ代わりの板っきれを掲げて、そう元気に返事をした。

「怪我《けが》しないように気をつけろよー、石が出てきたら畑の外に捨てる事ー」

「はーい」

「石みーっけ」

これまで土遊びなんかした事もなかったんだろうか……バケツと柄杓《ひしゃく》を持って歩く俺が土壌改良

材を撒くと、子供たちはみんななんだか楽しそうにそれを土に混ぜている。

俺は本来彼らの衣食住の面倒を見て、その代わりに農作業をやってもらおうと思っていた。だが今の子供たちは、騎士たちが自ら受け入れた養い子だ。

彼らからしたら俺なんか、親の会社の社長の息子みたいなもんで……ぶっちゃけ特別な恩もないはず。だというのに前向きに働いてくれる子ばかりで、俺は畑作りが企画倒れにならなくて、正直助かっていた。

そしてそんな気のいい子供たちの中から、一人が立ち上がって俺の方にやってきた。

「フシャ様、私がバケツを持ちますよ」

そう言ってバケツを持ってくれたのは、元孤児たちの中で一番年上のマーサという女の子だ。赤毛でのっぽな彼女は、子供たちを世話するまとめ役のような役割をしていた。比較的最近まで親と暮らしていたようで、言葉遣いも割としっかりしている上に、なんと簡単な読み書きもできるという逸材だった。

「助かるよ」

「こういうお手伝いが必要な時はいつでも言ってください」

「うん」

ちなみにイサラは畑の外にいて、見物客たちに睨《にら》みをきかせている。そう、見物客だ……何が楽しいのか、町の人たちが畑仕事を見にやって来ているのだ。

町にはよっぽど仕事がないんだろうか、それとも今日はたまたま休みなんだろうか？　何がしたいのか彼らは朝からやって来て、行儀よく座ったまま日がな一日こちらを見ていたのだった。

そんな土壌の改良作業を何日か続け、痩せ地でも育ちそうな丈夫な芋を植えてからは、子供たちの仕事は草取りと水やりぐらいになった。子供とはいえ何十人もいれば、案外仕事はすぐに終わるもの。なので空いた時間はマーサや養父たちに読み書きを教わったり、それこそ畑の周りで遊んだりしていたようだ。

その間、俺の方は俺の方で、錬金術を使って色々とやっていた。畑作りを手伝ってくれた騎士団への礼にと、常備薬となる目薬や軟膏《なんこう》を用意したり。色々な物を買う外貨を稼ぐため、商船との交易に使う予定のポーションなども作った。

荒野の先から時々やって来る異民族の襲撃もなく、海や山からの魔物の飛来もない。

タヌカン領にとっては、なんとも穏やかな春に。うちの実家の城にとっては、子供たちが一気に何十人も増え、これまでにないほど賑《にぎ》やかな春になった。

そして、そんな春は日差しの強まりと共に過ぎ去り……収穫と激動の夏がやって来たのだった。

ようメドゥバル、生きてるか。

まだ北海航路で商売をしているなら、タヌカン領に行ってみろ。

ルゴール《うちの町》で一番腕のいい耳長《エルフ》の薬師が大騒ぎをするぐらいの水薬《ポーション》がタヌカンから来たそうだ。

どうやら今あそこには、腕っこきの錬金術師がいるらしい。

それとこれは別件だが、カラカン山脈の頂上に虹の梯子《はしご》が立って、天使が下りて来たのを見たって奴《やつ》もいる。

まぁその話は眉唾もんだが、あの荒野に何かが起こっているのは間違いがないようだ。

もしタヌカンに寄れたら、次ルゴールに来る時は水虫の薬と土産話をよろしく頼む。

追伸
娘が最近夜によく隣の家のせがれと会ってるんだが、こういう時父親はどういう態度を取るべきなんだ？

フェドからメドゥバルへの手紙

The Wanderer 3

うちの城には、現在父と母、そして下の兄と妹が住んでいる。

俺の五歳上、十五歳の次兄コウタスマは、領にある小さな港を取り仕切り、領主である父の仕事を助けている。

俺の三歳下、七歳である妹のムウナは、先日までの俺と同じように安全な城の中での生活を送っている。とはいえ七歳といえばやんちゃ盛り。俺もそうだったが、城の中でじっとしているのはやはり退屈に感じるものだ。

とはいえ、以前までとは違い……今の城は子供たちも多い。城から出られないとはいえ、遊び相手がいるぶんいくぶんマシなはず。外の世界は逃げないのだからもうしばらくは安全な城内で遊んで、大きくなってから外に出ればいい。

と、そう説得したのだが……その甲斐《かい》もなく、ムウナは朝食のテーブルで父のズボンを鼻水で濡《ぬ》らしながらギャン泣きしていた。

「ムウナも行くうううう!!」

彼女がこうも強硬に行くと言い張っているのは、このたび俺の畑で無事に育ってくれた芋の試食会だった。それもただの芋じゃない。せっかくの畑の立ち上げを失敗で終わらせたくないと、錬金術師の俺が水と肥料と土壌改良材をジャブジャブつぎ込んで作った、とんでもなく金のかかった芋だ。

子どもたちを食わせるだけなら、俺が錬金術師として稼ぎ、よそから食料を買ったほうがよかったかもしれない。多分他の人から見れば事業としては大失敗の、大赤字の芋だ。

しかしながら、俺にとっては子どもたちが頑張って作ってくれた、輝かしい芋だった。畑を作る許可をくれたうちの親夫婦に、その芋を最初に食べてもらおうと打診したところ……末っ子の妹が、自分も行きたいと言い出したのだ。

「ムウナ、あなたの分はちゃんと持って帰ってくるから。晩御飯に一緒に食べましょう」

「ムウナもお外で食べるううう!!　みんなだけずるいずるいずるい!!」

母エイラの説得も虚《むな》しく、綺麗《きれい》にセットされていたふわふわの黒髪をぐしゃぐしゃに乱しながら、ムウナは父のズボンを離そうとはしなかった。普段は割と聞き分けのいい子なのだが、今日はどうしてもついて来たいようだ。

まあ、これまでは出かける場所も特になかったという事もあって、家族揃《そろ》って城の外に出るなんて事は一度もなかったからな。自分だけ置いていかれるという事で不安になってしまったのだろう。

そんなムウナの様子を見ていた次兄のコウタスマが、長く垂れた前髪を弄《いじ》りながらふぅっと小さくため息をついた。

「仕方ねぇな……親父《おやじ》、俺が面倒を見るから今日だけは出してやってくれねぇか」

「……そうか、悪いが頼めるかコウタスマ」

「掘った後は港で炊き出しをやるんだろう、最初からうちの者も畑に呼んで警備をやらせる事にする」

錬金術の素材を惜しげなく注ぎ込んだからだろうか、それとも子どもたちの日々の手入れの成果が出たのだろうか。うちの畑はなかなか頑張ってくれたようで、事前に少し掘ってみたところ、かなりの量の芋ができている事がわかった。どうも秋まで子供たちが食べていく分としては、申し分ないぐらいの収穫が見込めそうなのだ。

父には、孤児たちに加えて百人を食わせる畑にすると大言を吐いた手前もある。俺は町の人へのおすそ分けもかねて、港で芋入りの汁物を作って炊き出しをする事にしたのだ。そのためにコウ兄には港の人手を借りたいと申し出ていたのだが、結局その人たちを一日付き合わせてしまう事になったようだ。

「悪いねコウ兄」

「仕方ねぇよ、滅多にない事だし……港だけじゃなく畑にも人が押しかけてくるだろうしな」

まあたしかに、領主一家が総出でいる事なんか滅多にないから、普段から結構暇そうな町の人たちは見物に来るかもしれないな。

「まあ、下もやる気満々だ、頼んだって嫌な顔はしねぇだろうよ」

コウ兄はうっとうしそうな前髪を払い、笑いながらそう言ったのだった。

そんな家族総出でやって来た畑の周り。そこにはコウ兄の言ったように、どこから聞きつけたのか町の人たちが集まってきていた。もちろん彼らも何をするわけでもなく、ただ見ているだけだ。

普段は港を管理している兵たちが畑の周りを守る中、元孤児の子供たちはせっせと芋掘りをやっている。彼らの手でどんどん掘り出される芋に、妹のムウナは興味津々のようだ。

「わぁーっ！　ムウナもやってみたい！」

「ムウナ、服がどろんこになっちゃうわよ」

「えーっ？　やってみたいやってみたい！　とうさま、駄目？」

母が嗜《たしな》めるが、妹はもう芋に夢中だった。また泣きつかれては父のズボンがもう一枚犠牲になってしまうだろう。

「母さん、服の汚れは俺がよく落ちる洗剤を作るからさ、やらせてあげたら？　ここの畑の最初の収穫なんだし」

俺がそう言うと母は父の方を見て、見られた父は不承不承といった様子でこくりと頷《うなず》いた。

「ムウナ、いいってさ。一緒にやってみようか」

「わーい！　ありがとう、ちい兄様！」

俺とムウナは子供たちに交じって小ぶりで形の悪い芋を沢山掘り出し、それをみんなで蒸《ふ》かして塩をかけて食べたのだった。

味見を通り越してマジ食いしていた孤児たちと城の者が、備蓄分の芋を城へと運び込み始めると……父母と妹は城へと戻り、俺と兄と兵たちは炊き出しに使う芋を持って港へと移動し始める。

「新しい畑でできた芋だ！　子供たちが作った芋だ！　この芋で炊き出しをやるぞー！　食べたい者は器を持って港に来てくれー！」

見物に来ていた町の人たちにそう言うと、彼らはそのままぞろぞろと後ろをついてきた。

「フシャ様、炊き出しなんか港の人に任せとけばいいんじゃないですか？」

「何言ってんだよ、うちの畑の収穫だろ？」

「人の入り乱れる場所は危ないんですよぅ」

なんだかピリピリした様子のイサラは、剣の柄頭《つかがしら》を右手で押さえながらそう言う。彼女は一体何を心配してるんだろうか？

俺は一応貴族の身の上ではあるが、こんな貧乏領地の三男坊だ。俺が誰かに狙われる理由なんか一つもない。それにたとえ誰かに狙われていたとしても、周りにこんなに兵がいる状況で安心できないのならば、きっとどこにいたって安心できないだろう。

「そう心配するなよ、近所で炊き出しするだけだろ？　何も起きやしないさ」

と、そう笑っていたのだが……気づけば海に着く頃には、後ろについてくる人の数は最初の倍ほどになっていた。そうなると今の兵の数では心許《こころもと》ないのか、イサラはまたピリピリとしはじめる。

俺の方も用意した芋では全く足りず、人をやって急遽《きゅうきょ》城から追加の芋を持ってくる事になった。

まあ、イベント事も何もない土地だ、急に飯が配られだしたら皆とりあえずは並ぶか……そんな自分の計画の甘さに心中で反省をしながらも、俺たちは大鍋で魚と芋を煮込んで汁を作り、町の人たちへと配りまくった。

汁を受け取る人がみんな妙に静かで、やたらとこっちをじっと見てくるのが気になったが……まぁ民から見れば、最近まで城に籠もってた領主の息子の気まぐれの施しだからな。まだまだ俺も人となりを見られている段階という事なんだろう。もしかしたら、俺の横で抜き身の剣を肩に背負っているイサラのせいもあるのかもしれないが……。

兎《と》にも角《かく》にも、畑は軌道に乗ったのだ。まだまだ百人を食わせる畑とは言えないが、そこはこれから規模を広げていけばいい。時間はたっぷりある、ゆっくりとやっていけばいいのだ。俺はこの時、そう考えていた。

しかしその翌日、冬の食料にするためのカブを植えるため、子供たちと畑の整備をしていた時の事だ。

「それ以上近づくな！」

突然、畑の外からイサラの声が響いた。驚いてそちらを見ると、イサラの向こうには棒のようなものを持った人々が集まっているようだ。

「なんだろう」

「フシャ様、騎士様方を呼んできましょうか？」

「頼めるか？　それとお前たちは城に行っていなさい」

子供たちのまとめ役であるマーサにそう指示を出すと、彼女は頷いてから「フシャ様は？」と聞く。

「俺は話を聞いてみよう」

「危ないですよっ！」

マーサの顔を見ながら城を指差し、イサラの後ろからゆっくりと近づくと……こちらを見た人たちが棒のようなものを放り出して地面に平伏した。どうやら一日遅れで収穫物を奪いに来たってわけでもなさそうだ。

「どうした？」

「急に近づいてきました」

「あのぅ、フーシャンクラン様……おらたちは……」

「勝手に口を開くな！」

喋《しゃべ》ろうとした男を怒鳴りつけるイサラの肩をまぁまぁと叩《たた》き、俺は彼女の後ろにしゃがみ込んだ。

「なんだい？　言ってみな」

「へぇ……そのぅ、おらたち……フーシャンクラン様の畑をお手伝いしたくて……」

「手伝い？」

なんだ、よく見てみるとめいめいが持っていた棒のようなものは朽ちかけたボロボロの農具のようだった。とはいえ、棒のようなものを持っている者はまだましな方で……ざるや布袋、何に使うつもりなんだろうか、船板の切れ端のようなものしか持っていない者もいる。

「お前ら、仕事は？」

「へぇ……漁期の間は漁の手伝いして……船が来たら荷下ろしの手伝いして……」

つまり、定職がないわけだ。よく見ると、集団の中には春から畑を見物に来ていた暇人たちの顔もあった。なんだ、あの暇人たちは本当に暇人で、昨日の収穫を見て畑が上手《うま》くいきそうだと思ったから手伝いたいと言ってきたというわけか。

「働き手なんか募集していない、今すぐに帰れ」

イサラはそう言うが、彼らはどうにも動こうとはしない。

「そこをなんとか……うちのおっかぁは昨日の炊き出しを食べて、もう死んだっていいなんて言い出して……おら、どうしてももう一度おっかぁにああいうものを食べさせてぇんです……」

職なしたちはそう言いながら、ひたすらに頭を下げるばかりだ。正直、人手を増やすのは時期尚早なんだが……。

「まぁ、しょうがないか……」

「フシャ様？」

「この畑を始める前……父に、百人を食わせると啖呵《たんか》を切ったんだよ。言ったからには、その言葉の重みを問われる事になる、そうだろう？」

軽率な主人を持ったと、きっとイサラは呆《あき》れているのだろう。

だが、ここで縋《すが》ってきた人を放り出すぐらいならば、それこそ父にまで呆れられてしまう事になる。だってあの父は、この人たちよりもずっとずっと重いものを……あの双肩にしっかりと背負っているのだ。

その息子の一人である俺がこれぐらいの困難で逃げ出していては、俺に畑をやる許可をくれた父の器をも問われるというものだろう。

夏になってもまるで暑くならない潮風が砂を巻き上げ、俺の頬を嗜めるようにピシャリと打つ……なんとも言えない気持ちで髭《ひげ》ひとつない頬を撫《な》でると、近くにしゃがみ込んでいた男児が、心配そうに俺の事を見上げていた。俺は何でもない事のように彼に笑いかけ、押しかけてきた職なしたちに手招きをした。

この日から、俺が食わせていかなければならない人間が、また増えたのだった。

神の畑に収穫の時がやって来た。

神の子フーシャンクランと、救われし孤児たちの作った畑だ。

畑の周りには救われぬ者たちが列を成し、膝を付き天に祈る。

フーシャンクランによって救われた子供たちは幸いである。

だが、教会すらないこの土地において、自らの心の内以外に、祈りを捧《ささ》げる場所を見つけられた者たちもまた幸いである。

そして神の子は手ずから掘った芋と魚の汁を、民たちに下げ渡された。

神なき地に、この世の誰も、大主教すらも手にした事のない神の糧が下ろされた。

導《しるべ》なき者たちがその光に縋らずにいられない事に罪はあろうか。

然《しか》して、神の子は畑に迷い子を迎え入れられた。

荒野に神ありて光満つる。

レオーラ。

元司祭ビルスの記録

畑に人手が増えたのは、まぁいい。肥料も水もいくらでも手に入るという時点で、ほとんどの事は解決ができる。ならば増えた人手で畑を広くして、生産量を増やせばいいのだ。

だが問題は、今回やって来た人たちの次の収穫までの食《く》い扶持《ぶち》だった。春に植えた芋のおかげで当座の食料はあるが……増えた人数から考えれば、どう考えても秋まではもたない量だ。

幸いにして、俺には錬金術という力がある。それを使って金を稼ぎ、よそから食料を買ってくればいい。常に物事はシンプルに解決するべきで、解決は早ければ早いほどいいのだ。

そう考えた俺は、さっそく兄のコウタスマに商人を紹介してもらい……その翌月には、港にある商談用の建物の中で、紹介してもらった商人たちとの面通しを行っていた。

「よござんす。以前から卸していた水薬《ポーション》を定期的に頂けるのならば、しばらくの間食料を余分に届けさせて頂きます」

「私の方もそれで構いません。フーシャンクラン様ほどの錬金術師が作られた水薬《ポーション》が取り扱えるとなりますと、商会にも箔《はく》が付きます故《ゆえ》」

恐らくコウ兄か父が上手《うま》く口を利いてくれたのだろう、話は驚くほどトントン拍子に進んだ。錬金術師としてほぼ実績がないような俺の「水薬《ポーション》で麦を買いたい」という打診に対して、商人たちは何の躊躇《ためら》いもなく承諾の言葉をくれたのだ。

「我がネィアカシ商会は、タヌカン家とは初代のケント様の代より変わらぬお付き合いを頂いております。フーシャンクラン様におかれましても、これ以降も何かありましたら是非まずは当商会へどうぞ」

カラカン山脈の向こう側の港に店を構える、タヌカン家とは縁の深いネィアカシ商会の商人。狐《こ》人《じん》族の彼は細い目を更に細めながら、少し気さくな様子でそう言った。

だがその言い方がどこか気に障ったのだろうか？　隣に座っていた狸人《りじん》族の商人は、顔を真っ赤にして目を剝《む》きながら狐人族を睨《にら》みつける。

「お待ちを。僭越《せんえつ》ながら我がシスカータ商会は、三国に渡り支店を設けております。田舎の商人にはまず扱えぬ商品も多数取り揃《そろ》えております。錬金術の素材などでお困りの事がございましたら、まずは手前どもにご相談頂けましたら幸いでございます」

以前に俺が小遣い稼ぎのために売ったポーションの噂《うわさ》を聞きつけたとかで、外国からわざわざやって来てくれたらしい狸人族がそう言うと……今度は狐《きつね》の方が細い目を見開いて、狸《たぬき》の方をキッと睨み返した。

なんだか、二人の間にバチバチと火花が飛んでいる気がする。商会同士確執があるのかもしれないが、別にうちは正直どっちでもいいんだけどな……。

「私としては両商会に薬を卸しても全く問題はない。ついては当面の食料をよろしく頼みたいのだが……」

「それはもちろん何もご心配めされず。ネィアカシ商会がある限り、フーシャンクラン様の民は飢えさせませせぬ」

「いや私の民ではなく父の民……」

「我がシスカータ商会の魔導櫂船《まどうかいせん》があれば、一週間以内にこの港の蔵を麦で一杯にする事も可能でございます」

「いや蔵一杯の代金は払えない……」

「代金の事はひとまず心配ご無用、まずは我がシスカータ商会の有用さを知っていただきたい」

「ネィアカシ商会とて代金は急ぎません、こちらは一週間と言わずとも、三日も頂ければ……」

「待て待て、落ち着いて……」

なんだかヒートアップして椅子から立ち上がり、こちらにだんだん近づいてきた狐と狸。その瞬間、二人と俺の間を断ち切るように……横から振り下ろされた鈍色《にびいろ》の剣が、ドガッと音を立てて机に突き立った。

「必要以上に近づかぬよう」

剣を握ったイサラがそう言うと……少し血の気の引いたように見える二人は、大人しく椅子へと座り直した。

「シスカータの、私は支払った代金以上の物は不要だ」

ただより高い物はない。採算度外視で物を売って市場を寡占し、そこから値段を上げて利益を得るのは大商人の常套手段《じょうとうしゅだん》だ。

それにネィアカシ商会は、何の産業もないうちの領にずっと船を送り続けてくれた義理堅い商家。いくら他からいい話を持ちかけられたとしても、彼らを蔑《ないがし》ろにする事は父祖たちの顔を潰す事にもなりかねなかった。

「やはり食料品に関しましては、いざという時頼りにならぬ外国の商家よりも、同じフォルク王国の我々ネィアカシ商会が取り扱った方がよろしいかと存じますが……」

「同国とは申しましても、小商いしかせぬ貧乏商家ではいざという時に頼りにはなりませぬ」

「私はそれぞれに同じ量だけ仕入れを頼もうと思うのだが……」

俺がそう言うと、シスカータ商会の狸はじっとこちらの顔を見つめていたかと思うと、突然がばっと頭を下げた。なんだろうか、何ならこちらが頭を下げる立場だと思うのだが。

「恐れながらフーシャンクラン様、それでは困りまする！　我がシスカータ商会とネィアカシ商会さんとの身代の違いから申しまして、同じ量の商いでは我が商会は他家から軽く見られてしまいます。何卒《なにとぞ》、麦一袋分だけでも構いません、我が商会から多く納品する許可を頂きたい」

なるほど、商会としてのメンツがあるという事か。世界を股にかける大商会としては、土着の小商会と同格の商売をしたという風評を受けるのは耐えられないのかもしれないな。

「そうでなければ……いかがでしょうか、名目だけでも構いません、この私をフーシャンクラン様の御用商人にして頂くという事では」

「御用商人？」

「タヌカン家の御用商人としては、ネィアカシ商会さんがおられます故に申し訳が立ちませぬ。ですので我々は、フーシャンクラン様個人の御用商人という事で……いえ、何も便宜を求めたりは致しませぬ、名前だけでよろしいのです。何でしたら一筆お書き致しましょう」

「うーん……」

俺としては、名前を貸すぐらいでいいならばそうしてやりたいのだが……つい先日も辺境伯家の三男というネームバリューを見誤り、見事に大失敗をしたばかりなのだ。さすがにこれは俺の一存で首を縦に振る事はできなかった。

「悪いが、それは私の一存だけでは何とも言えない話だ」

俺がそう答えると、狸の商人はさほど残念そうにも見えない顔で「左様でございますか」と頷《うなず》き……最初から腹案があったかのように、すかさず別の事を提案してきた。

「では如何《いかが》でしょう。辺境伯家のご三男様とお仕事をさせて頂いたという事で『御用達《ごようたし》』という形で、お名前だけ使わせて頂くというわけにはまいりませんでしょうか?」

そう言われた俺がちらりとイサラの方に視線をやると、彼女もこちらにちらりと視線を返す。

まぁ、これぐらいの事なら、俺が決めてしまってもいいか。

「まあ、それぐらいであれば」

「ありがとう存じます!」

実際、御用達にしてるのは純然たる事実なわけだしな。というか逆にこちらから取引をお願いしている現状で、それに否という権利なんかないだろう。

しかし、商人の世界というものは、よっぽどメンツに厳しいところがあるのだろうか……?

狸の商人はなんだか安心したように満面の笑みを浮かべ、俺と商売成立の握手を交わしたのだが。

いったいそれのどういうところが気に障ったのだろうか、狐の商人はそんな狸の商人を射殺《いころ》さんばかりの視線で睨みつけていたのだった。

「荒野に一分の商機あり」

その手紙を受け取った私は、まるで何かに突き動かされるかのように即日港を発《た》った。

タヌカン領、いつ北方騎馬民族に飲み込まれてもおかしくない領だ。

タヌカン辺境伯家、財務状況は最悪の家だ。

フーシャンクラン、貧民どもにいいように使われているだけの、頭でっかちで甘ちゃんの子供としか思えない。

だが、なぜか私の心はタヌカン領に向いていた。

商人としての勘だろうか、はたまた神からの導きだろうか。

値千金の魔結晶を大量に燃やして、最新の魔導櫂船は小さな小さな商いの場所へと私を届けた。

衝撃であった、商会での地位も、築き上げた金も、全てが意味を失った。

この日、私は千年の主を得たのである。

航海記録 その四十八

ポーションで食料を買う契約をしたという事は、ポーションを量産しなければいけないという事だ。ある程度は買える材料もあるが、全ての材料を商人から手に入れるというのは躊躇《ためら》われた。

基本的なポーションのレシピは出回っているが、細かく調整をして効果や保存期間を高める技術は錬金術師個々の財産である。今商人たちがそこそこ高めにポーションを買ってくれるのは、俺が独自にアレンジを施したレシピがまだ誰にも知られていないからに他ならない。

いつかそこも解析されて安く買い叩《たた》かれるようになるのだろうが、できるだけ高値がつく期間は延ばしたいもの。そのために、俺は十人ほどの護衛の騎士を伴ってカラカン山脈へ採集にやって来たのだった。

「人に言って取りに来させるんじゃ駄目だったんですか？」

不毛の荒野と違ってわりかし緑の多い山の裾野を歩きながら、イサラは愚痴る。この辺りには木を切るために人が立ち入るため、ちゃんと道ができていた。

「それじゃあ何が生えてて何に使えるかわかんないだろ」

「錬金術師の事はよくわかんないですけど、普通の人はまず作るものを決めてから物を集めるんじゃないですか？」

「わかってないなぁ。錬金術師ってのはさ、物を見ればなんとなく作れる物やその効果がわかるんだよ」

「そんなのフシャ様だけですよぅ」

そんな事はないだろう。錬金術ってのは才能さえあれば、それこそ本を読んだだけの辺境のガキがポーションを作れる程度にはシンプルなのだ。辺境の素材ですら感覚だけで割となんとかなるのだから……きっと様々な材料が集まる港にいる錬金術師なんかは、水薬《ポーション》じゃなくて霊薬《エリクサー》ぐらい作ってるんじゃないだろうか。

「おっ、この草なんかいいぞ。なんとなく化粧水なんかに使えそうな気がする」

「なんとなくで薬作るのはやめてくださいよぅ」

護衛の騎士が持つ籠にどんどん草花や茸《きのこ》を放り込みながら、ちょっと肌寒いぐらいの山道を登っていく。この山は越えようと思えば非常に険しい道のりだが、途中までなら行楽に使える程度の傾斜しかない。いつか子供たちを連れて遊びに来てもいいかもしれないな。

「いつかは薬草の類も畑で育てたいなぁ」

「そーしてください、山は危ないですから……」

そう言いかけながら、イサラは突然剣を抜き放った。場にいる全員が何事かと見守る中……彼女はその切っ先を山頂側の木々の間に向けながら、大音声で誰何《すいか》をした。

「何者か！　姿を見せよ！」

周りの騎士も慌てて剣を抜き放ち、俺は騎士の手を離れた籠を地面に落ちる前に受け止める。そしてそれを抱きしめるようにしながらイサラの剣の先を見ていると……誰もいないように見えた木々の間から、背の高い茶髪の男が音もなく姿を現した。

「落ち着けよ、敵意はない」

「全員出てこい！」

「だってよ」

男がそう言うと、その背後からぞろぞろと人が出てきた。ローブを着て杖《つえ》を持った優男や、耳の尖《とが》った弓手、大剣を背負う角《つの》の生えた大男、そして噂《うわさ》に聞く岩人《ドワーフ》という奴《やつ》なのだろうか、小さくて髭《ひげ》もじゃな中年男まで、まるで統一感のない集団だ。

「姿を現したぜ、剣は下ろしな嬢ちゃん」

「魔法使いがいるのに下ろせるかよぅ。貴様ら全員武器を捨てろ」

イサラの髪から飛び出した妖精が彼女の剣の周りをぐるぐると回り、剣身が仄《ほの》かに青白く光りはじめる。

「……うん？　女の妖精使い……それも、若い金髪……辺境……ああ、驚いたぜ！　まさかこんなところで『濁り』のイサラに会えるとはなぁ！」

男の言葉に、背後の男たちの緊張が高まったように見える。武器を構えまではしないものの、明らかに身構えているようだった。

「だからどうしたってんだよぅ、地獄への土産話にでもするか？　三度は言わん！　武器を捨てろ！」

イサラがそう言った瞬間、男の手に抜き身の剣があった。目で捉えられないほどの早業で抜かれたのは、真っ黒の剣身に金色の文字が書き連ねられた、美しく荘厳な剣だった。

「チッ……こんなところに『飆《つむじかぜ》』のキントマンがいるのかよぅ……」

イサラが剣を肩に担ぐと、魔力を纏《まと》った剣身がバチバチと音を立てる。一触即発のその空気の中で、俺は後ろから彼女に声を投げかけた。

「待ちなよ、何もこんなところでやり合う必要はない。話を聞いてみよう」

「フシャ様、お下がりを……」

俺は地面に籠を置き、少しだけイサラの側《そば》に近寄った。

「なぁ、そっちは何故《なぜ》こんな山の中に？」

俺がそう問うと、黒い剣を持った男は少したじろぎ、イサラの剣からも視線を外さないようにこっちの顔を見つめた。

「……グルドゥラの爺《じい》さんがこの先にいるって聞いてな、会いに行く途中なのよ」

「グルドゥラ……ああ、なんだグル爺の客か」

グル爺は俺の世話役の老人で、昔はフォルク王国で結構手広くやっていたと聞く。そんな彼に会いに来たという事は、きっとこの男はその頃の知り合いなのだろう。

「グル爺なんて呼び方をするって事は、あんた辺境伯家の人かい？」

「タヌカン辺境伯家、三男のフーシャンクランだ、グル爺は俺の世話役なんだよ」

男はほおーっと頷《うなず》きながら、しゃがみ込んで俺と目線の高さを合わせた。

「俺たちゃ傭兵団《ようへいだん》でよ、あの爺さんとは昔一緒に仕事をした事があったんだよ」

「なるほどね」

「坊っちゃんはこんなとこで何をしてたんだ？」

「貴様、フーシャンクラン様を気安く呼ぶな！」

隣で憤慨するイサラの腰をまぁまぁと掌《てのひら》で叩き、俺は地面に置いた籠を指さした。

「俺は錬金術師でね、素材を取りに来てたのさ」

「素材をね……あぁ、しかしそりゃあちっと無用心かもなぁ。王都に名を馳《は》せた『濁り』のイサラはともかく、他の連中はどうにも弱っちぃ。坊っちゃんあんた、もし俺たちが野盗だったら死んでたよ」

「ここらへんで野盗なんか見た事ないよ、盗むもんがないからね」

「いやまぁしかし、それでも今日みたいにいざって時はあるもんだ……心配だなぁ、心配だ」

そう言いながら、男はなんだかわざとらしく、いい事を思いついたとでも言うようにポンと手を叩いた。

「そうだ！　あんた俺たちを雇わないか？　自分で言うのもなんだが、俺たちは腕っこきだ。『颷《つむじかぜ》』のキントマンといやぁ、ここらへんじゃあちょっと知れたもんなんだぜ」

「ふざけるな！　貴様らなんぞ私一人で十分皆殺しにできるんだよぅ」

「もしかしたら、そうかもな。でも坊っちゃん、見たところあんたまだ若い。その女だってあんたの親がつけた騎士で、あんた自身の騎士じゃないんじゃあないか？」

「…………」

俺の反応から何かを読み取ったのだろうか、キントマンと名乗った彼はなんだか嬉《うれ》しそうに言葉を続けた。

「そういう騎士はあんたのためには死んじゃくれないぜ、ちゃんと自分で雇った人間じゃないといざってとき安心はできないもんだ」

「フーシャンクラン様のために死ねるかどうか、今ここで試してやろうか……」

キントマンは凄むイサラに不敵な笑みを見せながら、手に持っていた剣をポンと放り、親指で自分の胸をトントンと突いた。

「その点、俺たちなら安心さ。あんたと生きて、あんたと死んでやる。傭兵ってのは騎士と違って、意外と義理堅いもんさ」

まあ、俺を見込んで売り込んでくれるのは嬉しいし、イサラばかりに負担をかけている自覚はあるから腕っぷしが強い人間は欲しいは欲しいのだが……いかんせん、俺の方に準備ができていない話だ。

「たしかに自分で雇ってる騎士がいたらいいかなって思うけどさ、悪いけど俺は三男坊で自由にできる金がないんだよ。他に食わせていかなきゃいけない人間もいるし、良かったらうちの父に紹介するから……」

「まあ待て、そう結論を急ぐな……」

キントマンはそう言って、後ろにいるローブの男の方を向いた。ローブの男が彼に近づき、耳元で二言三言話した後、彼はまた顔をこちらへ向けた。

「儲《もう》かるまで金はいい、俺たちには定住地が必要なんだ。あんたを儲けさせて、そこから分け前を頂く、どうだ？」

「いや、うちの城の周りには傭兵団のするような仕事はないよ。兄が港を取り仕切っているから、良かったらそちらに紹介を……」

「いや待て、結論を急ぐな！」

キントマンはまた後ろを振り返り、ローブの男と視線を交わした。小声で何かを話し合い、ローブの男は彼の肩を叩いて戻る。

「こちらから支度金を払ってもいい」

「なんで？」

意味がわからない。どう考えても雇われる側が雇う側に金を払う必要なんかないだろう。

「フシャ様、こいつ何か企《たくら》んでますよ、領に入れず追い返しましょう！」

「いや待て待て待て！」

キントマンは焦ったようにそう言って、顎をポリポリとかいた。後ろからローブの男が近づいてきて、彼の耳元に何かを囁《ささや》く。

「そうだ！　俺をお前の最初の配下だと宣言してくれ！　それでこちらは必ず採算が取れる。辺境伯家の三男の腹心の部下……うん、先を見据えればその価値はデカいぞ、うん」

まぁ、辺境伯というネームバリューを考えれば……そういう事もあるか。俺の独り言で部下が町の孤児を養子にしてしまった事もあるぐらいだ……根無し草の傭兵にとっては、何の実権もない三男の部下という立場でも、意外と馬鹿にできないのかもしれないな。

前世には鶏口牛後という言葉もあった。すでに組織が出来上がっているところでほどほどのポジションを得るよりも、まっさらな主人の最側近を選ぼうという気持ちは理解できるような気もする。

だが……それにしても俺の下ってのは尖りすぎだ。彼は有名人の腕っこきらしいし、きっともっといい雇用先はどこにでもあるだろう。

「いや、やっぱりちゃんと給料を払えないいんじゃあ申し訳ないから、俺ではだめだと思う」

「ちょっと待ってくれ！　もうちょっと考えて……」

「しつこいぞ！」

断っているのに、キントマンはなぜか俺の足に縋《すが》り付かんばかりに近づいてきていて、イサラに足蹴にされている。

「錬金術師なんだろう!?　うちには魔法使いも鍛冶師もいる！　必ず採算は取れる！」

なぜこんなに激しく売り込みをされているのかわからないが、いつの間にかキントマンの部下たちも地面に座り込んで頭を下げていた。

「なあ！　頼むよ！　俺をあんたの部下にしてくれよ！」

キントマンは俺の足に縋り付いて、ほとんど土下座のような格好になった。

「迷惑はかけねぇよ！　名誉の他に何もいらねぇ！」

今度は泣き落としに入ったキントマンに、ほとほと困ってしまった俺が騎士たちの方を見ると……なんと彼らはこの光景のどこに感極まるところがあったのだろうか、男泣きに涙を流して鼻を啜《すす》っているようだった。騎士としては何かわかるというポイントがあるんだろうか？

「あんたの一番槍《いちばんやり》になりたいんだよ！　それ以外は何もいらねぇ！　駄目ならいっそここで殺してくれ！」

見れば、先程まで邪険にしていたイサラまでが、必死に縋り付くキントマンにこれ以上蹴りを入れられずにいるようだった。これは、俺が狭量だという事なんだろうか？　辺境伯の三男たる者、売り込んでくる部下を皆食わせるぐらいの器量は見せられなければいけないのだろうか？

大の大人に足に縋り付かれながら天を仰ぐが、真っ青な空は何も答えてはくれない。結局俺は流されるがままに、傭兵団を伴って城へと帰ったのだった。

傭兵と永遠

最初の記憶は、竜馬《りゅうば》の背に揺られている場面だった。木々が後ろへ吹っ飛んでいく速度で銀色の鎧《よろい》を着た騎士たちの列の横っ腹に突っ込み、俺の頭の上で腕が振るわれるたびに鮮血が舞い、騎士の腕や首が落ちる。そんな最初の記憶が日常になるのに時間はかからなかった。

俺の生まれたゴドル家というのは、何百年も前から傭兵《ようへい》をやっている由緒正しいごろつき一家だ。そしてその次男として生まれたからには、当然俺も傭兵として槍働《やりばたら》きをする事になったからだ。俺は玩具《おもちゃ》の代わりに弓を引き、寝物語の代わりに一族の武勇伝を吹き込まれた。

「キントマン、お前に百人を預ける。フォルクの村を四つ焼け」

「承知した」

十二歳の夏に親父《おやじ》とそんなやり取りをしてからは、もう延々と戦いの日々だ。ベント教国に頼まれてはフォルク王国の村を焼き、フォルク王国に頼まれてはベント教国の村を焼き。のこのこやって来た敵方の騎士団を罠《わな》にかけては身代金を取り、歩兵の群れに突っ込んでは目につく限り殺し回った。

あの頃、俺はとにかく命知らずだった。やれると思えば何だってやれたし、突っ込んだ先にどれだけの騎士がいようが、竜馬で駆ける背中に何百もの矢を射掛けられようが、少したりともビビらなかった。

そうして、今ではその母親の顔も覚えていない四人目の子供を抱く頃には、俺は『飆《つむじかぜ》』のキントマンとして名の知れた傭兵になっていた。だが、世に名が知れるという事の意味を理解したのはそれから数年後、二十代に入ってしばらくしてからの事だった。

「嘘《うそ》だろ……」

戦から帰ってきた春先、傭兵団の本拠地の里は焼け跡だけを残してなくなっていたのだ。父祖から受け継いだ家も、女たちも子供たちも、屈強な兵士も、宝も酒も、家族も、誇りも、全てが灰に塗《まみ》れて、ただ風に吹かれていた。

名が売れたから、富を築き上げたから、それが何だと言うのだ。そんなものはひと冬のうちに消えてしまう、儚《はかな》い幻想でしかなかった。

俺たちは里を焼いた他の傭兵団を突き止めて鏖殺《おうさつ》したが……本拠地もない傭兵団に大きな仕事ができるわけもなく、新たに本拠地を構えるほどの人数もなく、結局ゴドルの末裔《まつえい》たちはそのまま流浪の民となった。

飆《つむじかぜ》のように、どこにも行き場なくグルグルとあちこちを回るだけの暮らしを続け、もといた仲間は一人、また一人と抜けていき、生き残りの傭兵団はだんだん小さくなっていく。だが、それで良かったのだ。

殺して、殺されて、奪って、奪われて、そんな暮らしは馬鹿げている。俺はそんな暮らしを二十年余りも続けて、ようやくその事に気づけたのだ。

だが、だからと言って、そこから抜けられるかどうかは全く別の問題だ。結局のところ俺には殺し以外の能力がまるでなく、死ぬ時までこの螺旋《らせん》からは抜けられないのだろうという事には薄々気づいていた。

敬虔《けいけん》に教会に行く奴《やつ》らのように、それが罪だなんて事は微塵《みじん》も思わなかったが、今はもう逆に正しいとも思えない。ただ流れるだけ流れて、団がなくなる頃には自分も消えるのだろうと、そう思っていた。

しかし同じ場所を回っていれば、不思議と入ってくる者もいるもので、根無し草の傭兵団には、他からあぶれたような者たちが段々と集まってくるようになっていた。嫌われ者、異民族、老人、岩人《ドワーフ》、魔法使い、素性も知れない怪しい奴らばかりが寄り集まって、いっそ里にいた頃よりも賑《にぎ》やかになったような気すらしたものだ。

町や村を回って、魔物を追ったり自分たちとほとんど同じような野盗を狩ったり、頼られ、感謝され、蔑まれ、追いやられ、また頼られ。場所だけを変えてずっと同じ事をやっているように思えたそんな暮らしも、三度目の春を迎えたところで終わりを迎える事となった。

簡単な魔物退治の依頼を受けたと思ったら、そこには土竜《ドラゴン》がいたのだ。運が悪かったのか、依頼主の連中に嵌《は》められたのかはわからない。ただ俺と岩人《ドワーフ》と魔法使いが土竜《ドラゴン》の首を切り落とした時には、団の連中はあらかた死んでいた。

それから気がつけば、俺たちはカラカン山脈の近くの寒村まで流れ流れていた。そこに土竜《ドラゴン》の素材を売った金で岩人《ドワーフ》の工房を構えて、俺は用心棒として日がな一日酒を飲んだ。

五体満足で、何人かの仲間が残った。きっとキントマンという人間の締めくくりとして、これ以上望めないぐらいの場所だろう。そう考えていた俺の下に、一通の手紙が届いた。

何度か一緒に仕事をした事のある、フォルク王国の老将軍。今はカラカン山脈の向こうにある不毛の荒野にいるはずの、グルドゥラという男からの手紙だった。

『見つけた』

手紙には一言だけ、そう書かれていた。そういえば、昔からこういう変なところのある人だった。俺を見つけて何か頼みでもあるんだろうか、そう思いながらも、諧謔《かいぎゃく》にと一言だけ問い返す。

『何を』

と、そう送って返ってきた返事はまた一言。

『永遠を』

正直、手紙の真意はわからなかった。だが、あの老将軍がわざわざ俺に送ってきたという事は、必ず何かがあるはずだ。それに、手紙に書かれた『永遠』という文字が……俺にはなぜだか、行き詰まったこの人生に下ろされた、天からの梯子《はしご》のように見えた。

その瞬間、理屈ではなく、ただどうしても真意が知りたくなった。手紙を送り返すのももどかしく、俺は手紙を受け取ったその日のうちに寒村を発《た》った。

手紙には何一つ、具体的な事など書かれてはいない。しかし俺はなぜか、逸《はや》る心を止める事ができなかった。

放浪者《ワンダラー》の夢見る目的地、別れた仲間と再開を語った約束の地が……なぜかそこにあるような気がして、仕方がなかったのだ。村を飛び出していくらも歩かないうちに、一つだった足音は二つになり、次の村に着く頃には、足音は十を超えていた。残れと言った余の者も、せっかく工房を持ったはずの岩人《ドワーフ》も、結局全員が後に続き……傭兵団の、最後の旅が始まった。

第二章 Emerald Sword

食い詰め者たちと傭兵団《ようへいだん》の加わった夏は、賑《にぎ》やかで実り多きものだった。戦闘行動ができるぐらい屈強な人手が増えたのも大きいが、魔法使いのイーダと岩人《ドワーフ》の鍛冶師であるコダラの存在が、畑の拡張を加速した。

「天は地に、地は天に、大地よ割れて混ざり合え」

「おー、どんどん土が掘り返されてく、魔法ってなぁすげぇなぁ」

「ごろごろ石が出てきたぁ」

夏でもローブを脱がない魔法使いのイーダが固く乾いた大地を砕くと、他の者たちが人海戦術で更に土を砕いてゴミをなくしていく。土というのは掘ってみると驚くほど石や根っこばっかりが出てくるもの、そしてそれらをきちんと取り除いていかないと、なかなか作物もうまく実らないものだった。

呪文を唱えていたイーダが疲れた様子で地面についていた杖《つえ》を離すと、蠢《うごめ》いていた土は動きを止める。彼は首をポキポキと鳴らしながら、愚痴るようにまた口を開いた。

「今日はこのぐらいで、明日は続きの場所をやります。しかし、ここいらの大地はどうも魔精《マナ》が希薄なんだよなぁ……」

「いやいや、これでも十分十分」

「平べったい石で一生懸命耕してた頃とは比べ物にならんしなぁ」

笑顔でそう言う彼らの手には、コダラが作った鍬《くわ》やシャベルがあった。

「フシャ様もええ人らを連れてきてくだすった」

「ほんにありがたい限りです」

「……まぁね」

連れてきたというよりは付いてこられたんだけど、まぁ普通に雇おうと思ってもなかなか雇えない人たちだったのは間違いない。イーダの魔法はコダラの鍛冶に使う熱を生み出す事もでき、彼らは燃料に乏しい荒野にまさにピッタリのコンビだった。

手に入らないんじゃないかと懸念していた鉄も、食料を取引していた商人二人が仕入れを請け負ってくれた。そして鍛冶師のコダラの腕がいい事もあって、平たい石や板の切れっ端で作業を行っていた農場には、大変な技術革新が訪れていたのだった。

となるともちろんその分、代金代わりのポーションだって作らなければならないわけだ。仕方がない事とはいえ、俺は毎日毎日大忙しでその仕事をこなしていた……。

「ねぇねぇ、フシャ様はなんでそんなに色んな事ができるのー？」

そんな俺が塔の研究室にて、イサラの妖精が熱する鍋で薬草の成分を煮出していた時の事だ。手伝いという名目で遊びに来ていた、元孤児組のミメイが突然そう尋ねてきた。

「どうした？　いきなり」

「だって、フシャ様はマーサ姉ちゃんと同い年なんでしょ？　なのにーお薬も作れるしー、本も読めるしー、大人から子供扱いもされてないしー。あたしも十歳になったら、ちゃんとフシャ様みたいに色々できる？」

「ちゃんと親の言う事を聞いていい子にしてれば、きっとできるよ」

「ほんとかなぁ？」

おでこを出して鼻を垂らしたミメイは、俺のズボンを小さな手で握りながら不安そうな顔で首を傾《かし》げた。まあ、俺だって別にほんとに十歳ってわけじゃない。前世の記憶があるから、こうして色んな事に手を出せるのだ。

俺が本当に十歳だった頃は、当然ながら錬金術や畑の経営の事なんか考えもしなかった。教室の友人とやるカードゲームに夢中で、必死に小遣いをやりくりしていた頃かもしれないな。

そんな事を考える俺を、なおも不安そうな顔で見上げるミメイに、ふといたずら心が芽生えた。

俺は鍋から木のお玉を取り出して横に置き、しゃがみ込んで彼女の耳元に口をやった。

「ミメイ、そんなに心配しなくても大丈夫だよ。実は俺って、普通の十歳じゃないんだよ」

「ええっ!?　そうなのぉ!?」

ミメイが大きな声を上げたので、椅子に座って退屈そうに本を読んでいたイサラがちらりとこちらを見た。

「シーッ、声が大きいよ」

口の前に指を立ててそう言うと、ミメイは慌てて手で口を覆い、そのままモゴモゴと喋《しゃべ》った。

「じゃあ何歳なの？　フシャ様は耳長《エルフ》だったの？」

「違うよ。俺はな、生まれてくる前の事を覚えてるのさ。だから色んな事を知ってるんだよ」

この世界の宗教観からはズレた話かもしれないが、逆にこのぐらい荒唐無稽な方が、小さな子供向けの話としてはちょうどいいだろう。まあ、こんな馬鹿げた話を子供に吹き込んでいるのを聞かれたら、イサラあたりには呆《あき》れられてしまうかもしれないが……。

「ほんとにぃ？」

「ああ、ほんとさ。人間はみんな生まれてくる前の事を忘れちゃうけど、俺みたいにたまーに覚えてる変な奴《やつ》がいるんだよ。だから何も心配しなくてもいい、ミメイはゆっくり大人になって、自分のやれる事を見つければいいのさ」

俺の真似《まね》なんかしなくていい、という部分だけは伝わったのだろうか、ちょっとだけ彼女の不安そうな顔が解《ほぐ》れたような気がした。

「なぁんだ、そうかぁ……でもでも、フシャ様が生まれてくる前ってどうしてたの？　空の上の国にいたの？」

「違うよ、ここよりもずーっと遠くの国で、普通の人として暮らしてたのさ」

「ええっ、死んだらみんな空の上の国に行くんじゃないのぉ？」

「行く奴もいれば、行かない奴もいる。俺は行かないけど、ミメイはいい子にしてればきっと行けるよ」

俺がそう言うと、ミメイはなんだか安心したような顔をした後……すこしだけモジモジして、俺の耳に口を近づけた。

「あのねー、フシャ様だけが天の国に行けないんじゃ可哀想《かわいそう》だから、あたしもついてってあげようか？」

「馬鹿だなぁ、そんな事言ってないでちゃんとみんなと同じところに行けばいいんだよ」

そう言ってミメイの頭を撫《な》でると、頭の上から「あのぅ」と声がかかった。ミメイと二人でギョッとしながら顔を上げると、イサラがこっちを見ながら「グツグツ煮立っちゃってますよぅ」と鍋を指差した。俺は慌ててお玉を取って鍋をかき混ぜ、今もなお俺のズボンを掴《つか》んでいるミメイと目を合わせ、二人してクスクスと笑い合ったのだった。


そんな平和な夏はあっという間に過ぎ去り、収穫の秋がやって来た。元の畑に加えて、急ピッチで開墾した畑に遅れて作付けした野菜もきっちりと育ち、荒れ野の畑は歓喜に沸いた。

そして、その歓喜の声に呼び寄せられるように……荒野に降って湧いた宝を狙う、招かれざる客もまた、確実に近づいて来ていたのだった。

ある朝、短弓を背負った異民族の斥候が二人、馬に乗ってやって来た。タヌカン城から騎兵が十人ほど出てバラバラと矢を放つと、彼らはすぐに引き返していった。

翌日、斥候は四人やって来た。また出撃したこちらの騎兵と何度か矢の打ち合いを行い、彼らは帰っていった。

その翌日、敵の騎兵は十人に、その翌日には三十人に……騎兵の数はどんどん増えていく。

一週間もする頃には、敵の数は二百人をゆうに超えていた。彼らは我が物顔で荒野へ馬車を持ち込み、拠点を作るための石材を運び込んだ。そしてまるでこちらを挑発するかのように堂々とそれを積み始めた。

こうなると、圧倒的に数に劣るタヌカン騎士団は迂闊《うかつ》に近寄る事もできなくなってしまう。そうしてこちらが手を拱《こまね》いているうちに、どんどん相手は準備を整えていき……何の通達も口上もなく、タヌカン領と異民族はいつの間にか戦争状態に突入したのだった。

「馬具の装飾から見るに、あれはまず間違いなくマキアノ族の軍だ」

城の大部屋に設けられた会議の場にて父がそう言うと、集まった面々に大きな動揺が走る。この会議には城の騎士団はもちろん、港を取り仕切る兄とその部下、そして俺とその部下であるイサラとキントマンまでもが参加していた。

「マキアノ族がなんで急に？」

「最後に大きくやり合ったのは爺《じい》さんの代だろう？」

マキアノ族などと言っているが、正直勢力の規模からすればマキアノ国と呼ぶ方が正しいだろう。そんな彼らの領域に接したこの城が、これまで些細《ささい》なちょっかいのみで見逃されていたのは、はっきり言って奪《と》るものがほとんど何もなかったからだ。

何十人かの騎士をなんとか殺して、手に入るのは寂れた港と小さな城。これまでは、それでは割に合わないからと放っておかれていただけだ。だからここ何十年か、こうした大規模な侵攻はなかった。つまり彼らがやってきた原因は、どうにもうちの畑としか思えなかったのだ。

「狙われているのはうちの畑？」

俺がそう聞くと、父は首を横に振った。

「いや……最初はそうかとも思ったが、あんな畑一つにわざわざ付城を作ってまで攻め入る理由はない。普通ここまで大規模に攻めるのならば、もっとまともな土地をとるはずだ」

まあたしかに、そういう考えもあるだろう。はっきり言って俺が用意した肥料や薬をまともな土地に投入していれば、比喩抜きに荒野の十倍ぐらいは作物が取れているはずだ。わざわざ荒野に畑を作るぐらいならば……たとえうちとは比べ物にならないほどの抵抗を受けてでも、肥沃な土があるよその土地を奪ったほうがよっぽどいい。

「じゃあ何が目的で……」

「わからん、いよいよフォルクに侵攻するつもりなのかもしれん」

「デントラ様、王都へは……」

「既に商人を通じて王都へは連絡を送ってある、リーベンスにもな」

リーベンスというのはこのタヌカン辺境伯家の長男で、今は王都で第二王子の派閥の重要人物として活躍しているのだと聞いている。王家に直接顔が利く兄の存在は、こういう時には正直ありがたかった。

「おお、若様であればきっと援軍をこの地に送り届けて下さるはず」

「となると、我々はここで耐え忍ぶのが最善ですか……」

まあ、さすがに兵士の人数が全く違うからな。あっちはとりあえずでポンと二百人、こっちはこれから町で数合わせの兵士をかき集めたところでギリギリ三百人もいるかどうか。それも元々食うや食わずの連中ばかりで、あんまり徴用すると下手をすれば春が来るまで城の食料が持たない可能性もある。

今は商人に頼めば食料も手に入るが、きっと戦争が続けば相手も海に出て補給路を妨害してくるだろう。時間はあちらの味方だったが、こちらにも取れる手立てはほとんどなかった。

「騎士団は城を堅守せよ」

父が静かにそう言うと、騎士たちは厳かに頷《うなず》いた。

「コウタスマは港を守り、いざとなれば皆の妻子を連れて落ち延びろ」

次兄はうっとうしそうな前髪を指で払い「了解した」と返す。

「フーシャンクランは薬を作り、山から木を切り出して城へと貯蔵するように」

まあ、俺にできる事はそれぐらいだろう。俺が「わかった」と返事をすると、父はこちらに小さく頷いた。

「では、戦の準備にかかる。監視は密に、収穫した食料は保存食にし、矢も作れ。……それと、フーシャンクランは残れ」

父がそう言うとめいめいがすぐに動き出し、がらんとした大部屋には父と俺と部下の二人だけが残った。

彼に手招きをされたので近づくと大きな掌《てのひら》で肩を摑まれ、そのまま抱きすくめられる。父の胸板は分厚く固く、温かかった。そして彼は俺を抱いたまま穏やかな声で、子供に言い聞かせるように話し始めた。

「いいか、畑の事は気にするな。俺の許可した事だ」

「……うん」

「困難というものは、生きていれば向こうからやってくるものだ。その時にどう動けるかで、男の価値は決まる」

「うん」

「俺は領主として、そして男として戦をやる。だがお前にはまだ少し早い、今は自分にできる事をやれ。母さんやムウナを泣かすなよ」

「うん！」

父は俺の背中をポンと叩《たた》いて「行け」と言った。俺はそれに頷きを返して、イサラとキントマンを伴って部屋を出た。やる事は山程あり、もはや言い訳をしている暇もなく……するべき相手もまた、いなかった。

「では私は地精に働きかけ、城壁を補強しましょう」

畑の周りで作業をしていた配下たちを集めて状況を説明すると、魔法使いのイーダがすぐにそう進言をしてきた。敵がカタパルトのような攻城兵器を持つと聞いた事もないが、魔法使いのいる世界だ、城壁は丈夫であるに越した事はないだろう。

「じゃあイーダ、頼めるか？　箇所はグル爺と相談してくれ」

「かしこまりました」

そう指示を出し終わるが早いか、すぐに短くて太い手があがった。

「フシャ様よぅ、俺ぁ農具を溶かして鏃《やじり》にでもしてようか？」

岩人《ドワーフ》の鍛冶師コダラが、上げた指の先をちょいちょいと動かしながらそう言った。

「いいや、それは城の鍛冶師たちの仕事だ。コダラには別にやって欲しい事がある」

「そうかい」

次に上がったのは、コダラよりももっと短い手だった。それも、沢山のだ。

「はいはいはいっ！　フシャ様！　俺たちは何したらいい!?」

「剣持って戦う！」

「やっつける！」

「あたし、引っ搔《か》いてやるの！」

そう息巻く子供たちに、俺は城の方を指さした。

「子供たちは城の中の手伝いだ、やる事は山ほどあるぞ」

「えーっ！」

「俺たち畑を守れるよ！」

「畑なんかまた作ればいい。いいか、今はとにかく皆で協力する事が大切だ。マーサ、子供たちを頼むぞ」

「おまかせ下さい」

子供たちは騎士たちの家族でもある、騎士たちに憂いなく戦ってもらうためには城の中に留《とど》めておく必要があった。そんな子供たちを見送り、キントマンと他の者には木の伐採と輸送を頼み、俺はイサラとコダラを連れて研究室へと向かう。

「コダラに頼みたい事ってのはこれだ」

俺は研究室の片隅に置かれた宝箱を持ち出し、普段から首にかけていた鍵を差し込んでコダラの前で蓋を開く。その中には、いざという時のためにと父から預けられていた十枚の大金貨があった。

「これで俺になんか買い付けてきて欲しいのか？」

「いいや、これを潰して子供たち全員分に分けてくれ。なくさないように……そうだな、首から下げれるように指輪にでもしてくれ」

「こんな大金をそんな使い方していいんかい？」

「俺にだって……羞恥心はある。やれる事はしてやりたいのさ」

なんだか思案顔のコダラは俺から恭しく大金貨を受け取り、おっかなびっくり歩きながら部屋を出ていった。

「フシャ様、あれは辺境伯様が御身のためにと……」

「俺は故郷を捨てる気はないよ、そのためにリーベンスの兄貴が外にいるんだ。それよりイサラ、できればいざという時は子供たちを……」

言いかけた俺の口を、イサラの冷たい手が覆った。

「その先は勘弁してくださいよぅ、私はデントラ様からフシャ様の事を頼まれてるんですから」

「……そうだな、悪かった」

たしかに、イサラは父の騎士だ。俺に命令される謂《いわ》れはなかったな。

「じゃあ、水薬《ポーション》を作るから手伝ってくれるか？」

「そのぐらいならば、いくらでも」

戦争になるならば、ポーションなんかいくらあったって足りないものだ。この日、研究室の灯《あか》りは遅くまで消えずにいたのだった。

祖父の代以来の戦《いくさ》が始まった。いつもの偵察兵相手の小競り合いじゃない、おとぎ話の中のものだった本物の戦が、俺の代にやってきた。

若かりし頃の祖父は強かったのだと、父がよく話してくれたものだ。精強な槍使《やりつか》いだった祖父はマキアノの大将軍チャヤバと一騎打ちをしたが、十度打ち合っても決着がつかず、互いに健闘を称《たた》え合ったのだという。そんな話に聞くだけだった戦が、もしかしたら死ぬまでないかもしれないと思っていた戦が、目の前にやって来ていた。

城から見える丘の上に雲霞《うんか》の如《ごと》く敵兵が集い、日毎《ひごと》に砦《とりで》が築かれていく中にあっても、騎士の中に怖気《おじけ》づくような者は一人もいない。なぜならば、この戦がただの戦でない事を全員がよく知っているからだ。

なんといっても、我々の代にはフシャ様がおられるのだ。我々の主君のご三男様、小さき賢者フーシャンクラン様。あの方は必ず将来大人物になるであろう。

そしてその人生は必ず、伝説として編纂《へんさん》されるに違いない。そうなれば、この戦はただの辺境の小競り合いなどではない。うまくすれば、歴史に名の残る戦なのだ。

あの強かった祖父の名ですらも、今や俺と養い子の中にしか残っていない。だが、何者でもない騎士の小倅《こせがれ》の俺の名が、此度《こたび》の戦では後世に残るかもしれないのだ。

遅れを取らず勇敢に戦いさえすれば、フーシャンクラン様のために戦った殉教者としてきっと俺の名が残る。きっと祖父も父も、空の上で歯噛《はが》みをしながら俺の事を見ているに違いない。

創世記《ジェネシス》の中に、俺はいる。

二十も四つを過ぎるまで生きた、家を継いでくれる養い子もできた。

さあ一世一代の大舞台だ、ゆめゆめ遅れを取るまいぞ。

ある騎士の日記

戦が始まって一ヶ月。タヌカン騎士団はまさに獅子《しし》奮迅《ふんじん》の働きを見せていた。

「突き落とせーっ！」

「わっしょい！」

「石をもっと持って来い！　畑の側《そば》に山ほどあったろうが！」

城壁に梯子《はしご》をかけようとする敵兵を槍《やり》や棒で突き落とし、壁を砕こうとする者には石を投げ落とし弓を射掛ける。戦とは守り手が有利なもので、圧倒的な人数差を前にしても未《いま》だ城は健在だった。

士気旺盛な騎士団は城壁へと津波のような勢いで押し寄せる敵の軍団を二度三度と打ち破り、港へと迫ろうとする敵も魔法使いのイーダが町の中に拵《こしら》えた迷路へと引き込んで撃破する。敵の死体は山と積み上がっているが……運が良く、策略も決まった事もあってか、こちらの死者は未だ数名といった状況だ。町人たちも大半は港へと避難したが、一部の者は志願をして兵に加わっていた。

「矢でやられた！　水薬《ポーション》を持って来い！」

戦が続けば続くほどポーションの消費も大きくなる。素材の方はもうとっくに底を付き、今は用意できたポーションを水で薄めて等級を分け、なんとかやりくりしているような状況だ。城の一角に設けられた治療場で、俺は女たちと共に連日兵の治療に当たっていたが……いい加減に薬棚の底が見え始めていた。

「水薬《ポーション》の量が心もとない状況でございますなぁ」

「いいかげんに港に素材が届いてもいいはずなんだがな……」

俺はグル爺《じい》にそうこぼすが、そんな事を言っていても仕方のない状況だ。届いたら、届いていれば、では助かる命も助からない。

「仕方がない、山へ取りに行くか」

「それはいけません！」

グル爺が珍しく声を荒らげた。

「何がいけない」

「危険が過ぎましょう」

「今一番危険に晒《さら》されているのは兵だろう」

俺がそう言うと、彼は言葉もなく首を横に振った。そしてその隣から、俺の護衛としてついていたイサラも異を唱える。

「フシャ様は城にいてくださいよぅ、キントマンあたりにそれっぽい草を全部毟《むし》ってこさせますから」

「よく使う薬草だけじゃなく、薬効を代替できる物も探そうと思っている。さすがに何でも万能回復薬《ポーション》頼りではもうもたない、鎮痛は鎮痛、解毒は解毒で個別に作った方が節約になるからな」

「しかし、御身は……」

「もうすぐに冬だ、今を逃せばどのみち薬草なんか全部枯れちまう。材料がなきゃあ錬金術師なんぞ何の役にも立たないだろ。それに……こういう時のための護衛だ」

俺がそう言うと、イサラはぐっと押し黙った。

ポーションが作れないならば火薬でも作ろうかと思った事もあったが、硝石や炭はともかく硫黄が全く足りず、手が出せなかった。そして錬金術師としての仕事ができない以上、俺は戦力としても、辺境伯家の人間としても、今間違いなく死んで問題のない部類の人間なのだ。

死にたいなどとは微塵《みじん》も思わないが、今は非常の時。命に順番ができるのは仕方のない事だった。

「俺だって死ぬ気はないよ。だが、これは俺にできる事の範疇《はんちゅう》だ、違うか？」

「……いえ、でしたらお供仕《つかまつ》りますよぅ」

「悪いな、夜更けに出る」

俺はキントマンにもそれを伝え、塔にある自室で早々に睡眠を取ったのだった。


そして夜も更け始めた頃、メイドのリザに起こされてもぞもぞと起き上がり手早く服を着る。リザに茶を一杯所望して、準備の間に塔の上に登ると……暗闇の中にランプの光が一つ。目を凝らせば、闇の中でグル爺が安楽椅子に揺られながら星を見上げていた。

「こんなとこで寝てると風邪引くぞ」

「ああ、フシャ様ですか」

椅子を軋《きし》ませながらグル爺が姿勢を正すのを音だけで感じながら、俺はいつものお立ち台に立って荒野を見つめる。暗闇に呑《の》まれた荒野の中に、敵方の燃やす焚き火《たび》の光だけがちらちらと揺れていた。

「マキアノの戦士も夜は眠るか」

「そうでもありません、先程も弓矢の音がしておりました」

「しかし奴《やつ》らも、何が欲しくてこんな城を狙ってくるんだかなぁ」

「それも聞いてみなければわかりませぬが……なにぶん言葉が通じませぬからな……」

グル爺はそう言いながら安楽椅子を揺らす。

「時にフシャ様、小耳に挟んだのですが……なんでも生まれる前の事を覚えておいでとか」

「うん？」

生まれる前……ああ、もしかしてこの間ミメイに話した事が誰かに伝わってしまったのかな。

「あれは冗談だよ」

「そうですか、なにぶんなかなか興味深い冗談でしたので……生まれる前のフシャ様はどういうお方だったのかが気になりましてな」

「普通の奴じゃないかね」

「そちらのフシャ様はレウルオラ様には会えましたかな」

レウルオラというのは、フォルク王国で信じられているアルドラ教における創造神だ。アルドラの教徒は皆自分がレウルオラ様に創られたと信じ、朝と夕にレオーラと祈りを捧《ささ》げて暮らす。だが、俺はそんな創造神は見た事もなかったし、信じてもいなかった。

「残念ながら」

「向こうの教会はいかがでしたかな？」

「教会なんてなかったんじゃないかな？　アルドラ教なんてないかもしれないよ」

「では、どのような……？」

グル爺はどうも俺のホラ話が気になって仕方がないらしい。

「言ったろう、冗談だよ冗談」

「冗談でも、よいのです……」

彼の声音には、なんだか寂しそうな響きがあった。

まぁ、こんな状況だ。この会話が十年世話をした子供との今生の別れになるかもしれないのだ、仕方がない事かもしれない。俺は苦笑しながら、前世の話を続けた。

「冗談の世界の俺は仏教徒って言ってな、仏陀《ぶつだ》ってのを信じてたのさ」

「ブッダという神ですか、その神が世界をお創りになったのですかな？」

「いいや彼は神じゃない、修行をして悟りを開いた人の事さ。煩悩やあらゆる苦しみから抜け出した人だ」

「ではその方が皆を救うと？」

「そこまでは知らないな。俺が信じていた南極《なんごく》真宗じゃあ……人は南の果てにあるという極楽を目指して何度も生まれ変わり、ブッダのように悟る事を目指して修行をするって話らしい」

俺は宗教家じゃない、むしろ宗教なんか意識もせずに暮らしてきた方だ。家の宗教の教義も詳しく知らないし、興味だってなかった。ただ死んで生まれ変わって、家族や友と待ち合わせた場所に行けなかったという事だけが、少しだけ悲しかった。

「生まれる前のフシャ様は、良き人生でしたかな？」

「前世のかい？　まぁ、ぼちぼちかな。でも……」

「何か？」

「笑って死ねなかったのが、心残りかもしれないな。きっとそのせいで、死に惑ってしまったんだろう」

「それは……」

グル爺が何かを言いかけたところで、塔の屋上への出入り口が開く音がした。

「フシャ様、準備ができましたよぅ」

暗くて見えないが、イサラが呼んでいるようだった。

「フシャ様、最後に一つだけ。この世は……いかがですか？」

「前とあんまり変わらんな……いや、冗談だよ。忘れろ」

俺はグル爺にそれだけ言い残して、塔の中へと入る。そこにはキントマン他何名かが、完全装備で待っていた。

「月のみぞ知る道を指し示せ」

魔法使いのイーダがそう唱えると、急に暗闇の中がよく見えるようになった。どうやら、暗視の魔法を使ってくれたらしい。

「じゃあ、行くか」

俺は角の生えた剣士であるイヌザメの背中におぶられて城を出る。冷たい空気の中に浮かぶ月と星だけが、じっと俺たちを見下ろしていた。

約束の地

『颯《つむじかぜ》』のキントマンより文が届いた。

彼は俺の昔いた傭兵団《ようへいだん》の頭目で、家としても主家に当たる方だった。まだ生きていたのかと思いながらも手紙を開くと、彼のよく焚《た》いていた香の匂いがして、懐かしい気持ちで胸がいっぱいになる。

我々の生家があった里が壊滅してしばらく放浪したのち、俺は彼の下を離れた。あの頃の傭兵団にはろくに仕事がなく、食っていくのもやっとの状態で……そんな中俺には惚《ほ》れた女ができて、俺を必要としてくれるカタギの仕事も見つかった。だから「いつかまた故郷となる場所を見つけられたら、必ず再会しよう」と約束をして、彼らと別れたのだ。

あの時は本気だった。キントマンから手紙が届けば、全てを投げ出してでも向かうという気持ちがあった。

それから三年経《た》っても、まだ手紙を待っていた。だが五年が経ち、十年が経つ頃にもなると、俺はもうすっかり親父《おやじ》になっていた。子供も三人でき、妻の親から引き継いだ農地は今年も豊作だ。

キントマンの事なんて、完全に忘れていた。いや、忘れようとしていたのかもしれない。血生臭く、いつも飢えと死に怯《おび》えていた暮らしを、自分の人生の中からなかった物にしたかったのかもしれない。

だが、俺は手紙に書かれたキントマンという名を見た時から、なぜだか弾み始めた心を押し止《とど》められなかった。あんなにうんざりしていた戦場の燻《くすぶ》った灰の臭いが、鼻の奥に香ったような、そんな気がして仕方がなかった。もどかしくも封を切ると、入っていた紙は一枚だけ。

『約束の地にて待つ』

タヌカン辺境伯領という地名と共に、そう書かれていた。

俺は釘《くぎぬ》抜きを持ってきて、家の壁板を引っ剥《ぺ》がす。そこには真っ赤に錆《さ》びた戦斧《せんぷ》と、ボロボロに朽ちた戦装束がゴミのように積まれていた。

「あんた！　何してんのさ！　壁なんか引っ剥がして！」

「どこにだい！　また賭場じゃあないだろうね！」

「行かなきゃあ……」

「あの日守れなかった故郷にだよ！」

俺はツギハギだらけの一張羅を着込んで、戦斧一本と兜《かぶと》を担ぐ。妻と子供たちと義理の母が見守る中、俺は靴紐《くつひも》を固く結びつけた。

「一体どこ行く気なんだい！　これから冬になるんだよ！」

「……春までには戻る」

すっかり何もなくなった畑のわき道を、つんのめりながらも走りだす。あの頃と違い、身体《からだ》も全然動かない、ちょっと走っただけで脇腹が痛み、呼吸も苦しくなる。

それでも真っ白な息を吐きながら、これまでは絵の背景のようにそびえ立っていた山に向けて進む。

カラカン山脈の頂上は、もう雪で白く染まりはじめていた。

夜更けに城を発《た》った俺たちは、荒野が朝焼けに染まる頃にはカラカン山脈の裾野へ辿《たど》り着いていた。幸いに懸念していた敵との遭遇もなく、薬草の方もだんだん枯れ始めてはいたが、ギリギリ採集はできそうだ。

「イヌザメありがとう、下ろして」

「あいよ」

俺はこれまでおぶって歩いてきてくれたイヌザメに礼を言い、地面に下りるとさっそく薬草を集め始める。ここいらの山は薬草を取るのが俺だけという事もあって、色々な種類の草が割と簡単に見つけられるいい採集場だった。そのうちタヌカン領に錬金術師が増えればこうはいかなくなるだろうが……とりあえず今のところはありがたく、集められるだけ集めておこう。

「フシャ様、俺らもなんか手伝いましょうか？」

「いや、皆は警戒を頼む」

皆も手伝ってくれようとするが、今日のところは断っておく。薬草の薬効というものには、草の摘み方に気をつけなければ失われてしまうものもある。どの薬も最大限の薬効で作っておきたい状況だ、今は一本の草も無駄にはできなかった。

根に薬効のあるものは根の周りの土ごと掘り出し鉢に入れ、すぐに萎《しな》びてしまう繊細な薬草は水を含ませた布に挟んで保存し、滲《にじ》み出る汁が必要なものはナイフで切り込みを入れて瓶へと保存する。これから冬だ、最後の材料補給と思えば気合も入った。

そんな中何かを見つけたのか、キントマンがしゃがみ込んだ。

「……おいイサラ、これ」

「あー、まずいなぁ……」

彼らはそんな事を話していたかと思うと、突然二人して剣を抜き放った。

「真新しい蹄《ひづめ》の跡だ。奴《やっこ》さんたち、ここいらまで来てるぞ」

「どうします、引き返しますか？」

「いや、ここは森に入ろう」

皆が警戒して武器を抜く中、俺はそう言った。

まだまだ材料は足りないし、どうせ夜陰に紛れてでしか城には戻れないのだ。加えて相手が騎馬ならば、追われれば徒歩のこちらがどうやったって不利。ならば馬の入って来られない森に入った方が、いくらかマシというものだ。

「なぁに、こちらの方が土地勘があるんだ、大丈夫だよ」

「……木には躓《つまず》かないでくださいよぉ」

俺が呑気《のんき》に言うのに、イサラがため息をつきながらそう返した。そうして俺たちは昼間だというのにぼんやりと薄暗く、倒木や枝がごろごろ落ちていて歩きにくい森の中を、薬草や木の実を採集しながらじりじりと進んだ。

焚《た》き火跡《びあと》や人の痕跡もなく、敵はまだこのあたりの森には入り込んでいないように見える。だんだん太陽も中天にかかり、普段ならばとっくに昼飯でも食べている時分になった。

うるさいぐらいに鳥が鳴いている水場の近くで、俺が岩にへばりついていた苔《こけ》をナイフでこそぎ落としていた時の事だ。どこからか「あっ」という声が小さく響いた。何気なくそちらを見ると、キントマンの部下の犬人族のコボラの目の前に、革の鎧《よろい》を着込んだ男が曲刀を構えて立っていた。

相手にとっても予期せぬ遭遇だったのだろうか、一瞬時が止まったように互いの動きが停止し……最初に動き出したのは、コボラの隣にいたキントマンだった。

「ヴォッ……」

何かを叫ぼうとした男の首には、金文字の彫り込まれた黒い剣身が目にも留まらぬ早業でねじ込まれていた。しかし、すでに相手方には接敵を気づかれていたようで……滝のように血を流しながら座り込む男の後ろからバキバキと枝を踏む音が響く。

巨漢のイヌザメが俺の前へ盾になるように立ち、イーダは魔法の詠唱を始め、イサラの髪からは妖精が飛び出して剣に纏《まと》わりついた。だが、その魔法や剣が振るわれる事はなく。姿を現した三人の敵、その前に飛び出したキントマンがくるっと身を翻し、ひゅっと音がしたかと思うと……ぱっくりと斬られた三人の喉笛から、音に遅れて血が吹き出していた。三人は糸が切れた人形のようにつんのめって倒れ、そのまま動かなくなった。

「……なるほど、飆《つむじかぜ》なわけだ……」

思わずそうこぼすと、なぜか俺の前で盾になっていたイヌザメが嬉《うれ》しそうな顔をして頭を掻《か》いた。

「後続はないようだが、どうする？」

「この兵たちの目的を探れないか。マキアノが本当にフォルクに攻め込むつもりなら、その事を王都に伝えれば援軍が来るのが早くなるかもしれない」

「だがよぉ、そもそも山を越えるにはちと軽装すぎねぇか？」

そう言いながら、キントマンは一番地位の高そうな、立派な兜飾《かぶとかざ》りを持つ敵兵の持ち物を手早く確認する。鉄剣、呼び笛、水筒、ナイフ、様々な物が死体の横に並べられていくが、どうも変わった物はないようだ。

「なんだこりゃあ、財布か？」

小さな小袋を逆さにすると、出てきたのは黒色の細かな石だった。

「マキアノの銭っこは普通の銅貨だよぅ」

「じゃあ、こりゃ何だ？」

「俺にも見せてくれ」

俺は細長い黒い石を一つ摘《つま》み上げてみたが、どうも石にしては重い気がした。地面に落ちていた石の上にそれを置き、他の石で挟むように叩《たた》いてみるが、黒い石は割れない。

「フシャ様、貸してみな」

コボラはそう言うと、持っていた戦鎚《ウオーハンマー》を黒い石にガギンと叩きつける。すると黒い石は下にあった石ごとばっくり割れ、断面をぎらりと輝かせた。

「金属だったのか……」

ここでは何も分からないが、後で調べてみよう。俺は地面に落ちた黒い石に見える金属を小袋に入れ直し、薬草籠へと放り込んだ。

「こいつら、馬で来てるはずだが……」

「森の外に繋《つな》いでるんじゃないか?」

「イーダ、敵の規模だけでも調べられねぇか?」

「無理ですよ、使い魔もいないのに」

逆に言えば、使い魔がいれば偵察までできるのか、魔法使いってのは凄《すご》いなぁ。

「誰か行ってくるか?」

「でも山ほど敵がいたら事だぜ……」

キントマンたちは話し合いながら、イサラの方をちらりと見た。

「あー、イサラ、お前の妖精を飛ばせたりはしねぇか?」

「なんでだよぅ。わざわざ藪《やぶ》を突っつかなくたって、このまま帰ったらいいじゃないかよぅ」

「できないんなら別にいいんだが……」

「できないなんて言ってないんだよぅ」

「じゃあ頼めるか、イサラ」

俺がそう言うと、イサラはなんとも言えない不満気な顔をしながら、不承不承といった様子で妖精を飛ばした。イサラはあんまりやりたくないようだが、俺はこのせっかくの機会に、相手の真意

をある程度確認しておきたかったのだ。

相手の戦略目標すらわからないのでは、どちらかが皆死ぬまで戦が終わらない。マキアノ族とタヌカン領は、領土を接している割にこれまで互いの事を知らなすぎた。理解ができない相手と関わっていくのは、どんな形でも難しいのだ。

そして程なくして、イサラの妖精は帰ってきた。小さな羽で浮かぶその小人がイサラの耳元に口を近づけて報告をするのを、彼女はうん、うん、と小さく相槌《あいづち》を打ちながら聞いていた。

「……ここら辺に我々以外の人間は三人だけですよぅ」

「三人か。なら恐らく送り狼《おくりおおかみ》になる事はねぇな」

「そして、山を越える部隊でもなかったわけだ」

俺はそう言いながら、一つの事を考えていた。マキアノ族という他者を理解するための、一番手っ取り早い方法をだ。

「生け捕りにしたい。やってくれるか、イサラ」

俺がそう言うと、彼女は口をへの字に曲げたまま、ピンと立てた右手の指先に妖精を止まらせた。

「御身の望みでありましたら」

「では、行こうか」

過保護な彼女には悪いが、ここが命の張りどころだ。勝っても負けても戦後があるのだ、相手を理解するための教材を手に入れる事は必要だった。

俺がイサラにやってくれるかと聞いた理由は単純明快だ。彼女の力が、生け捕りに向いているからに他ならない。木陰から飛び出したそんな彼女の剣が、森の外に七頭の馬を繋ぎ火を焚いていた三人を襲った。

「ギャッ！」

薄く燐光《りんこう》を放つ彼女の剣の腹で叩かれた敵は、まるで電気ショックを受けたかのように身体《からだ》を震わせていく。結局相手に剣を抜かせる事もなく、イサラと共に風が吹き抜けたその一瞬の後には、焚き火の周りの全員が白目をむいていた。

「やるなぁ。さすがは『濁り』のイサラだ、名が売れてるだけあるぜ」

「うるせぇんだよぅ」

イサラとキントマンがそんな話をしている間に、他の者たちは手早く三人の武装を解いて後ろ手に縛り上げていた。相手は屈強な男が二人、残りの一人はなんと老婆だ。何のためにこんなところに連れてこられたのだろうか、案外俺と同じように薬草を摘みに来た錬金術師なのかもしれないな。

「婆《ばあ》さんは緩めにしてやれ、死んじゃうぞ」

「あ、わかりました」

魔法使いのイーダがそう言いながらほんの少しだけ縄を緩め、その代わりとばかりにギチギチに猿轡《さるぐつわ》を噛《か》ませた。まぁ帰り道で騒がれたらヤバいから、猿轡は必要だな……。

「しかし、これで馬が七頭手に入ったなぁ。帰りは楽ができるぜ」

「お頭、久々に傭兵働《ようへいばたら》きができて楽しそうですねぇ」

「お頭はよせよ」

元傭兵団の面々が収奪品と採集品を手早く馬に載せると、すでに陽《ひ》は傾きかけていて……荒野は夕暮れに染まり始めていた。

「さぁて、城へとずらかるか」

「凱旋《がいせん》って言えよう」

俺はイサラの前に乗せられ、闇に染まり始めた荒野を馬が走りはじめる。城の灯か敵の砦《とりで》の灯かもわからない、漆黒の闇を切り裂くような光を目指して、俺たちは進み続けたのだった。

間章

老兵まだ死なず

Bad Land Saga Volume One

北の果てで死にかけていたジジィ《わし》に、そのもっと北の果てで死にかけているジジィから手紙が届いた。

わしが国に仕えていた頃の戦友、腐れ縁。一時だけだが、敵だった事もあったか。今や名も残っていない貴族家の三男坊にして、上り詰めた場所からも厄介払いされた悲劇の大将軍……なんて言われているらしい、グルドゥラからの手紙だ。

「お義父《とう》さん、その手紙は何です？　督促状？」

「友人からの手紙じゃあ」

「あら、まだご友人が生きてらしたのね」

やかましい息子の嫁から隠すようにして、包丁で手紙の封を切る。

「お義父さん！　包丁を勝手に触らないでって言ってるでしょう！」

「わかっとるわい！」

本当にやかましい嫁だ。

酒を飲んでは文句、飯を食いすぎては文句、鼻をかんでも文句、屁《へ》をこいても文句、日がな一日文句ばっかりだ。一体うちの息子はあんなののどこが良くて結婚したのか。うんざりした気持ちのまま、手紙を開いた。

「死に場所を見つけた？　そりゃあええのぉ」

手紙に書かれていたのは、グルドゥラが世話になっているというタヌカン辺境伯家とかいうド田舎が異民族に攻められているという話だった。

こちらは千に満たず、相手は万を超える大軍団。日毎《ひごと》に疲弊していく軍だが士気は旺盛にて、城を枕に討ち死にする覚悟……常在戦場と思って生きてきたが、まさかこんな胸躍る死に場があるとは思わなんだ、だと。

「ええのぉ、一対十、フォルトゥナ戦役を思い出すのぉ」

「お義父さん、また昔話ですか？」

「あんたには言うとらんよぉ」

ふんふん、近々海上が封鎖される気配あり、これからしばらく後、敵の油断を誘い隊を分け後背を突く所存……なるほどこれが地形図か、後背を突くと言ったって遮蔽物がなくてはな。北東に渓谷があるから、北西に船をつける場所があればなんとでもなりそうな気もするが……。

「地図が小さいのぉ」

「あら、地図が小さいんじゃなくてお義父さんの目が悪いのよ、私が読んで差し上げましょうか？」

「ええ、ええ。もったいないのぉ、士気さえ高ければ、やりようはありそうじゃが……」

「お義父さんったら、お友達とも昔の戦の話をしてるのね」

「昔のじゃない、今の戦じゃよ」

「あらあら。ほんと、男の人ってそういうのが大好きなんだから」

「………」

なんだか、わしを心底ジジイ扱いする息子の嫁と話していると、心まで老け込みそうだ。そう思うと、なんかグルドゥラの奴《やつ》がだんだん羨ましくなってきたな。

千人隊長として最後の戦を終えた時は、もう二度と戦場に出ずに済むと安堵《あんど》したものだが……いざ隠居してみると、あんなに恋い焦がれた平和な生活というものは、思っていた何倍も退屈なものだった。

作戦立案の煌《きら》めきも、軍を動かす充足感も、裏をかいた時の喜びも、敵を打ち倒す血の滾《たぎ》りも、何もない。ただ腹の肉がだぶつくほどパンを食い、酒を盗み飲みして、息子の嫁に叱られる事に怯《おび》えるだけだ。

わしも行こうかな。昔の誼《よしみ》だ、今から行けば百人ばっか預けちゃあくれんだろうか。わしも昔は『蝮《まむし》』のウィントルと呼ばれた大用兵家、タヌカンなんて田舎者でも知っとる奴は知っとるはずだ。城を枕に討ち死に、いいじゃあないか。どうせジジイだ、放っといたって来年には死んどるかもしれんのだ。最後の祭りだ、グルドゥラにも久々に会いたいしな。

「ユーミさんや、わしはちょっと出かけてくるから。しばらく帰らんでな」

「あら、どこに行かれるの？　晩御飯はどうされます？」

「遠くで葬式に出るから、早くとも春までは帰らんよ」

「まあ春まで！　それは遠くですのね、じゃあ準備をしなきゃ」

息子の嫁がバタバタと駆けていく中、わしは自分の部屋の床を引っ剝《ぺ》がした。そして床下の土を掘り返して、一つの壺《つぼ》を取り出す。蓋をしていた皮を取ってひっくり返すと、大金貨が数枚と軍人時代の勲章が転がり出る。

「いつむぅななや、まぁ、こんなものか」

大金貨のうちの一枚を孫の部屋のベッドの上に投げ、一枚を食卓の上に置き、その隣に勲章を添えた。そして杖《つえ》代わりの細剣を持ち、ローブ一枚を羽織って家を出る。

「急がんとなぁ。祭りが終わってしまう」

この手紙を届けてくれたネィアカシ商会とやらの商館が、ほど近い港町にあるはずだ。動かない身体《からだ》に鞭《むち》を打って、できるだけ急ぐ。カラカン山脈へ向けて吹きつける、冷たく重い風が、冬の訪れを告げていた。

実りと歓喜の秋はあっという間に過ぎ去り、今年も約束を違《たが》う事なく、暗く長く辛《つら》い冬がやってきた。この季節になってもフォルク王国からの援軍は来ず、他国に本拠地を持つシスカータ商会の船も姿を見せないままだ。だが、寒さと共に荒野へやって来た者たちもまた、少ないながらもいたのだった。

「話が違うじゃろうが！　千人からの兵がおるんじゃなかったんか！」

「その代わりに敵も五百人程度だろう」

「敵はいくら多くてもええんじゃ！　味方が少ないのは打てる策が減るじゃろうが！」

多くの人で賑《にぎ》わう城の大部屋で、グル爺《じい》の友人だというウィントルと名乗る老人がそう喚《わめ》く。彼は久々に港にやって来たフォルク王国側からの船に乗って来たという、数少ない援軍のうちの一人だった。

「少ない兵で大軍に勝つのが用兵の醍醐味《だいごみ》だろう」

「お前はそんな事ばっかりやっとるから、こんなところに押し込められたんじゃろうが！」

喚いている爺さんの他にも、部屋には様々な顔ぶれが揃《そろ》っていた。よりどりみどりの爺さんの群れに、なんだか一癖も二癖もありそうな戦士たち、そして明らかに只者《ただもの》ではなさそうな怪しい女。

驚いた事に、なんと彼らは本国の送って来てくれた人員というわけではなく、グル爺やキントマンが呼び寄せてくれた旧知の人物たちらしい。

そんな彼らを送り届けてくれたネィアカシ商会の狐人族《こじん》の商人は、今現在父や騎士団の幹部連中と情報交換の真っ最中で……援軍との面通しを命じられた俺の代わりに、イサラもそちらへと参加していた。

そして彼らの顔を見回していた俺に、一人の男が話しかけてきた。

「お頭のお頭よう、フォルクからの援軍は来ないぜ。奴《やつ》ら山向こうのパサラットに陣を敷いてやがった。王国はタヌカンを見捨てるつもりだ」

錆《さ》びた戦斧《せんぷ》を背負った彼は、どうやらキントマンの元部下らしい。

「ややこしい言い方はよしてくれ、フーシャンクランでいい」

「じゃあフーシャンクラン様よう、ずらかるなら今だぜ。冬が来たからには山は越えられねぇし、マキアノの奴ら軍船を何隻も出してやがるから、今に港も包囲されちまう」

男がぶっきらぼうにそう言うのに、俺は首を横に振った。

「逃げるとしても女子供が先だ、俺が行くとすれば最終便だな」

「あんたも子供だ」

「俺は貴族だよ」

男はそう言った俺の事を、不思議そうな顔で見つめる……そして彼が何かを答える前に、その肩をキントマンがバシバシと叩《たた》いた。

「おうザハタぁ！　来てくれたのか！」

「お、お頭ぁ……」

「フシャ様と何の話をしてたんだよ？」

「おりゃあ、フーシャンクラン様は子供だからよぅ、今のうちにずらかった方がいいって」

「おお、そりゃあ俺もそう言ったんだがよ……」

「キントマン。お前に役目があるように、俺には俺の役目があるんだよ」

キントマンとその元部下たちを交えてそんな話をしていると……部屋の隅にいたローブを着た背の高い女が、しなを作るように歩いて俺たちに近づいてくるのが見えた。

「……いかんなぁ、いかんなぁ。小童《こわっぱ》の視野は狭くていかんなぁ」

「はぁ？」

「民を守って城で討ち死にか、お前はまだそんなめそめそした戦をやるような年ではなかろうて。星の巡りは毎夜変わる、捲土重来《けんどちょうらい》というのもなかなか面白いものであるぞ」

低く落ち着いた、妙に色気のある声音でつらつらとそんな事を話す女に、俺の隣にいたキントマンが鞘《さや》に入ったままの剣の先を向ける。

「おい、そこで止まれ。一体あんた何もんだ？」

「キントマンがまだ生きていたとはなぁ。あれほど聴き惚《ほ》れていた妾《わらわ》の美声を忘れたか？」

「お前……まさかイスローテップの婆《ばあ》さんか!?」

「口の減らぬ奴よ」

女がローブのフードを取ると、そこには絶世と言っても過言ではない美貌の、耳長族《エルフ》の顔があった。

まるで本物の銀を束ねたような髪は豊かに首筋を伝い。人の血を吸ったかのように赤い唇は、まるで世界中をあざ笑うかのように曲げられ。その端からは、吸血鬼の牙のように長い犬歯がちらりと覗《のぞ》く。こんなド田舎の辺境には明らかに似つかわしくない、どうにも毒の強そうな美女だった。

どうやら旧知の間柄らしいその女を、キントマンは剣の先を突きつけたまま睨《にら》む。

「滅びの魔女イスローテップがこんな所に何の用だってんだよ。というか誰が呼び込んだんだ……」

「そりゃあ、我が愛《いと》しの将軍様よ」

「チッ、グルドゥラのジジイーッ！　とんでもねぇのが来てやがるぞ！」

キントマンがそう叫ぶと、部屋の奥で旧知の人物たちと話していたグル爺が、数人の老人を伴ってやって来た。

「おお、イスローテップ、お前も来てくれたのか」

「なんじゃあ、お前さんこんな奴も呼んだんか！」

「お嬢さんめんこいのぉ。孫の部屋から頂いてきた火酒があるんじゃが、今夜一緒に楽しまんか？」

キントマンは好き放題に喋《しゃべ》りまくる老人たちを制するように、ドカリと床板を踏みつけてグル爺の胸ぐらを摑《つか》み上げた。

「ふざけんじゃねぇぞグルドゥラ！　どういうつもりだ！　こんな縁起の悪い女を呼び寄せやがっ

て！」

「まぁ落ち着け」

だがグル爺はさほど気にした様子もなく、そう言いながら掌《てのひら》でキントマンの手をポンポンと叩く。

「彼女は知恵者だ。フシャ様の錬金術も独学ばかりでは間違いがあるやもしれぬし、知見を広める意味でも一度こういう者とも会わせておきたかったのでな」

「ふぅん、妾を教師役にしようてか……」

彼女はそう言いながら、なぜか俺の顔から下半身までをじっくりと眺め、真っ赤な舌先をちろりと見せた。

「まあ、槍《やり》の使い方ぐらいは指南してやらんでもないが……」

「ふざけんじゃねぇぞババア！」

凄《すご》むキントマンも意に介さず、耳長《エルフ》はニヤニヤと笑いながらこちらに近づいて来たのだが……そんな彼女と俺の間に、スッとグル爺の皺《しわ》だらけの手が差し込まれた。

「今のところはそういう事は結構、もう少し専門的な事を教えてくれればよい」

「専門的な事とは？　さっき言っていた錬金術か？」

「端的に言えば、フシャ様が必要と思われた事全てだ」

「ほうほう、しかしのぉ……妾の叡智《えいち》にその小童が耐えられるかどうか……」

彼女はそう言って笑いながら、グル爺の前へ上を向けた掌を差し出す。

「それで、報酬は？」

「必要か？　この状況で」

グル爺がそう言いながら周りを見渡すと、耳長女《エルフ》は犬歯をむき出しにして笑う。

「どういう事だ？」

そう聞くと耳長女《エルフ》はなぜか更に笑みを深め……苦々しげな顔をしたキントマンが俺の肩に手を置いた。

「いいかフシャ様、あのイスローテップって女がいた場所はな、これまでそのほとんどが滅びてるんだよ」

そう話すキントマンの顔はどこまでも真剣で、その隣では彼の部下たちもしきりに頷《うなず》いていた。

「あいつはなぁ、フシャ様。人が苦しんで死ぬところを見るのが、楽しくて楽しくて仕方がないんだ。あいつはな……あいつは、敵の傭兵団《ようへいだん》に焼かれる前の俺の里にもいたんだよ」

「おお、お前の女房たちも子供たちも最後までよう戦っとったぞ。里長の家《ロングハウス》に立て籠もって、最後は自ら火をつけてなぁ……生半な心得ではああは戦えまいよ」

「てめぇっ！」

「それで……」

俺は左手に持った黒剣の柄《つか》に伸びようとしていたキントマンの手を押さえ、女に問いかけた。

「あんたが来たって事は、この領の終わりも見届けてくれるって事かい？」

「そう思って来たのであるがなぁ……どうもそうはいかんような気もしてきてなぁ」

彼女はニヤニヤと笑いながら、ほっそりとした手を伸ばして俺の顔を撫《な》でた。

「あっという間の気もするが、そうでもない気もする。もし長引くようならば、妾の命数ではお前の終わりは見切れんかもしれんなぁ」

「…………」

なるほど、エルフの寿命というものがどれぐらいなのかは知らないが……長く生きても五十年や六十年ぽっちの俺の人生を見きれないという事は、案外彼女は本当にお婆さんなのかもしれないな。

「まあいい、仕事さえしてくれるならば、別に好きなだけいてくれていいよ」

「ほぉ、滅びの魔女を手の内に置くか。はてさて、この小童は気骨があるのか浅墓《あさはか》であるのか……」

「本気かぁ？」

キントマンが心配そうにそう言うのに、首を振って答える。

「別に婆さん一人がいようがいまいが、やる事は変わらんよ」

「小童、婆さんはよせ。女人の扱いから教えねばならんか？」

なんだか不機嫌そうにそう言う耳長《エルフ》だが、キントマンだってそう言ってたのにな。

「じゃあ何と呼べばいい？」

「愛しのイスロー、銀髪の君、何でもよいが……まぁ、ここは古風に先生とでもしておこうか」

そう言って、俺が先生と呼ぶ事になった耳の長い女は、くっくっと楽しそうに喉を鳴らして笑ったのだった。

◆

「ふうん、たしかにマッキャノの南方氏族の言葉であるなぁ」

捕虜三人の繋《つな》がれた牢《ろう》、その前にしゃがみ込んだ俺の耳長《エルフ》先生は、マキアノ族の虜囚と何度か口を利いてからそんな言葉を零《こぼ》した。なるほど知恵者イスローテップという触れ込みに間違いはなく、あの小さな頭にはきっと俺なんかでは想像もつかないような知識がぎゅうぎゅうに詰まっているのだろう。

「それで先生、言葉がわかるんなら捕虜との通訳を頼みたいんだけど」

「おお、おお。先生と呼ぶ者に自らの宿題をやらせようとは、最近の小童というものはなかなかに豪気なものであるなぁ」

「えぇ？」

「その程度は自分で学ぶのだな」

先生はそう言って、服の中には見るからに入りそうにない火酒の瓶を、胸元からずるりと取り出した。

「ケチくせぇ耳長《エルフ》だよぅ」

「そうか？　これでも妖精なんぞよりはよほど気前がいいつもりでいるのだがなぁ」

先生はそう笑いながら、胡散臭《うさんくさ》げな視線を送る俺の護衛のイサラにぴらぴらと手を振った。そして音もなく椅子に座り、長い脚を組んで俺の方を向く。

「小童、魔法の言葉を教えてやる。デェア、と言ってみろ」

「ディア？」

「デェアだ。もう一度」

「デェア」

「そうそう、その調子だとも」

先生はそう言って笑いながら、これまたどこから取り出したのかもわからないガラスのコップへ、琥珀《こはく》色の火酒をゆっくりと注いだ。

「それで、何？　デェアってどういう言葉なの？」

「それだ。『何？』がデェアだ。それさえ知っていれば、どんな相手からでも言葉は学べる」

「相手を質問攻めにしろって事ね、最初にちょっと文法を教えるぐらいしてくれたっていいだろうに……」

「まあ考えてもみろ。たとえば、お前の乗っていた船が難破したとしてだ」

先生はそう話しながら、クルクルと右手の人差し指を回す。

「流れ着いた先は見知らぬ異国。周りは皆知らない言語を操る連中ばかり、そんな奴らに縄をかけられたお前は、文法を教えてくれ！　なんて言っていられるのか？」

「…………」

「そういう時は、お前の持ち物を指差して『これは何だ《デェア》!?』と聞いてくる連中を相手にして、じっくり言葉を学んでいくしかないのだよ」

なるほど、ぐうの音も出ない正論だ。滅亡寸前の城の中、という状況で言われなければの話だが……。

まあ、どのみち彼女が教えてくれないというのならば、学ぶしかないという事だろう。どちらにせよ勝ったって負けたって、相手の事を理解しなければその先はないのだ。

「ああ、いい酒だ。やはりこういう酒は小童や老いぼれには相応《ふさわ》しくない……」

ぶつぶつとそんな事を言いながら酒を飲む先生の手から火酒を取り上げ、俺は牢の中からこちらを見ていた老婆の下へと向かった。

「デェア？」

老婆に向かってそう尋ねると、彼女はなんだか思案気な顔でしばらく黙っていたが、やがて皺くちゃな口をゆっくりと開いた。

「ポラカ」

「ポラカ、ね」

俺は瓶の中の酒をちょっと指先につけ、指を舐《な》める。今世では初めて触れる強い酒精に、幼い舌が痺《しび》れた。

そして俺は次に老婆の手を取り、その指先にも少し酒を垂らす。老婆は少々躊躇《ちゅうちょ》してから指をしゃぶり、しゃがれた声で「ユラック」と答えた。

「イサラ、ポラカとユラックを書き残しておいてくれ。後で纏《まと》める」

「グルドゥラの爺さんじゃないんだから、普段から文具なんて持ち歩いてないですよぅ」

「あ、じゃあできるだけ覚えといて」

そんな話をしていると、ユラックという言葉を聞きつけたのだろうか、牢屋の奥から二人の男も近づいてきた。二人ともなんだか嬉《うれ》しそうな顔をしてこちらへ掌を出すので、少しずつ垂らしてやる。

「デェア？」

「ユラック」

「エル・ユラック」

エル・ユラックと来たか。エルってのは強いって意味かな、美味《うま》いって意味かな？

「デェア？　エル、デェア？」

そう聞くと、男はグッと握った拳を歯をむき出しにした顔の隣へ持っていく。強いって意味っぽいな、念のために後で他の酒でも試すか。

「フシャ様……本当にやるんですか？　こんな事やってたら言葉を覚える前に春が来ちゃいますよぅ」

「やるしかないんだよ、イサラ。これが俺の戦いなんだ」

俺がそう言うと、彼女は釈然としない顔をしながらも一度牢屋に目をやり、やがて小さく頷いた。

「なら、フシャ様の気が済むまでお付き合いしますよぅ」

「じゃあ、何か書くものを持ってきてくれ。他にも色々物があった方がいいな。酒とか水とか、パンとかも。ああ、長期戦になりそうだから、捕虜にも俺にも椅子があった方がいいな」

「それなら一度出直しましょう、もうすぐ夕飯ですし」

「そうそう、気長にやった方がよい。それより、そろそろ酒を返してくれんか？　それは虜囚の身の慰めに呑《の》ませてやるには、少々もったいない酒であるからなぁ」

「はいはい」

俺は先生に酒瓶を返しながら、牢部屋を出る。

デェアにポラカに、ユラックか。三つの単語分しか先に進んでいないのに、昨日までよりもずいぶん気が楽だ。城の先の砦《とりで》に集う土煙の中の異民族たちに、なんだか少しだけ色がついたような気がしたのだった。

◆

戦争状態に突入してから二ヶ月。フォルク王国からの援軍は来ないという事が皆に伝わってから数日が経《た》ったが、その情報を運んできた商人の船に乗って去っていく者は、不思議と一人も出なかった。

城側の戦力は戦死者の数を超える援軍を加えても依然百名と少し、対する敵側は五百を超えてからも増え続けているようにも見える。医薬品の材料と食料の補給、そして僅かな援軍の到着があり一息つけたという事もあるが……それでも、誰の目から見てもいずれやって来る破滅は明らかなはずだった。

ところが、死に場所を求めてやって来ているのが明らかな爺さん連中とは違う若者たちも、なぜかむしろ士気旺盛なままに城へと残ったのだ。

皆には、俺の目には見えていない勝機が見えているのだろうか？　それとも、俺だけが父の勝利を疑っているという事なのだろうか？　そんな事を考えながらも、俺は暇なうちにと錬金術で薬を量産していた。

そしてそんな俺の隣には、温かな鍋の隣でリラックスした様子で茶を飲んでいる、マッキャノ族の老婆がいたのだった。

「フシャ様、この人連れてきて良かったんですか？」

「せっかく言葉を学べる相手が近くにいるんだ、協力して貰《もら》わない手はないだろう。それに、老人にあの牢は寒すぎるよ」

イサラとそんな話をしていると、老婆はイサラと俺の間を指差して皺くちゃな口を動かす。

「フシャサマ、ナニ、ハナス？」

驚いた事に、俺がマッキャノ族の言葉を覚えるのと同時に、彼らもこちらの言葉を覚え始めていた。……というより、むしろ俺よりも彼らの方が覚えが早いぐらいかもしれない。

この老婆は積極的に俺へ「ナニ？」と物を尋ね、三人でその言葉を共有しているようだった。まぁ牢の中ではやる事もないだろうし、もしかしたらこれは彼らの間で一種の娯楽のようになっているのかもしれないな。

「オン、ロゴス、ティト」

この三単語であちらには「ロゴス婆さん、寒い」という意味で伝わるらしい。ここ数日は暇さえあれば雑談をしていたので、俺の方にもだいぶわかる単語が増えてきていた。

「ロゴスピルムジュタ」

「ピルム、デェア?《なに》」

「アー、ピルム……ユストス、グラプ」

婆さんはちょっと迷ったあと、両手を横に上げて力こぶを作るようなポーズを取った。

「ピルムは元気か。ロゴス、フシャピルムジュタ《げんきです》」

「キャニパス、ヘサ、ヘサ」

これはロゴス婆さんの口癖だ。そりゃあいいね、良かったねという意味のようだ。

「こんな事してないで、あの耳長《エルフ》にはっきりと相手の目的を聞き出させましょうよぅ」

「あの手の人間はやりたくない事をさせようとしても逃げるだけだよ。そんなに簡単なら、グル爺あたりがさっさとやらせてるさ」

「船もなしにどこへ逃げるんですか」

「そりゃあ敵の方さ、彼女は言葉が通じるんだからな」

やはり、言葉が通じるというのは改めて大切なのだ。

「まあでも俺だって、大まかには目的を聞き出したじゃないか」

「大まかすぎて何もわからないのと同じですよぅ、宝探しって言われても……」

そう、意外にも捕虜たちは聞けばすぐに軍の目的を教えてくれたのだ。

マッキャノ族の目的は宝探し。彼らはこの荒野で何か探しているものがあって、その過程でうちの城を攻めているようだった。戦場にまるでそぐわないロゴス婆さんは、その宝を探しに来た占い師のような人だったらしい。

「ピグリム、ウィトタラケンフシャ」

「ナラカン、ナラカン」

ロゴス婆さんは「宝ってのはあんたの事かもよ」と言い、俺は「はいはい」と返した。マッキャノ族というのは、意外にも結構率直なお世辞を言う部族のようだった。まぁ、俺だって囚《とら》われの身にもなれば世辞の一つぐらいは言うだろうが……。

「なんて言ってるんですか」

「宝は俺だってさ」

「なるほど……」

イサラは凄い顔で婆さんを睨みつけ、下唇を噛《か》みながらそう言った。彼女はなんだかんだ根は真面目だからな、主君の一族が捕虜から軽口を叩かれているってのが気に障ったのかもしれない。あんまり、軽口ぐらいは訳さない方がいいのかもしれない。

そしてそんな日々の中、俺はついに軍議へと呼び出された。大部屋の中には父上、兄貴とその部下、そして幹部クラスの騎士たちと、歴戦の古強者《ふるつわもの》らしい老人連中までもがいて割とギュウギュウだ。

「皆も知っての通り、援軍は来ない。そこでだ、あの砦を落とす事にした」

皆の顔を見回した父が事もなげにそう言うのに、部屋の中で兄貴の兵たちだけがどよめいた。

おそらく他の者には事前に説明があったのだろう。もちろんこちらにも話は通っていなかったが、俺の部下はイサラとキントマンだけで、彼らは今の話を聞いても平然としていた。

「本気かよ親父《おやじ》、野戦じゃ勝てないからこれまでこうやって引きこもってきたんだろ」

「それに関してはこうして専門家が集った。人数も恐らく今が一番多く、兵の士気もそうだろう。勝っても援軍は来ないかもしれないが、勝ち戦となれば王国の貴族の中にも腰の軽くなる者がいるだろう、今はそれに懸ける他ない」

「勝てばって言ったって、あんな大軍相手にどうするってんだよ、一人が五人を斬れば解決だなんて言わないでくれよ」

「それに関しては、私ツーキースから」

鼻先にちょこんと小さな眼鏡をつけた禿頭《とくとう》の老人が、鉛筆を持った手をピンと上げた。

「古来大軍の下し方というのは二つに一つ、頭を潰すか、ちまちま削るかです」

「できれば頭を潰してぇもんだがよ」

「ですがマキアノ族の軍に関しては皆同じような格好で、前線においても特に指揮をしているような様子がなく、誰が将なのかを特定できません」

ツーキースの爺さんは眼鏡をずり上げながら「そこで」と続けた。

「大小の策を散らし、敵を釣って削りを入れながら大きく動いた者を将と見定め、これを屠《ほふ》ります」

「行き当たりばったりだと言っているようにも聞こえるが……」

「安心せい！　どの策もがっぽがっぽ敵を殺すような策ばっかりじゃ、下手すると将を見つける前に敵がいなくなっちまうわい！」

昔は王国の千人隊長だったという声のデカいウィントル爺が、横からそう言ってガハハと笑った。

「コウタスマ、お前はこれまでと変わらず港を守れ。策が破れた時は船に乗せられるだけ乗せてすぐに出ろ」

「あいわかった」

「フーシャンクラン、お前は城を守れ。私が戻らなければ、母さんと妹を港へ届けろ」

「わかったよ」

「詳しい策だが……」

その言葉が出ると同時に、ドン！　と机に地図が広げられた。

「待ちくたびれたわい！　わしの珠玉の策、耳の穴かっぽじってよく聞けぃ！　ええか！　まずいかにも略奪をしそうな装備で固めた騎馬が敵の砦を掠《かす》めて北へ走る！　そうするとそちらに自分らの町がある奴《やっこ》さんたちは、そりゃあもう血相を変えて追いかけてくるわけじゃ！」

「やかましいぞウィントル！　もうちっと静かに喋れんのかい！」

「ジジイの耳にも優しいようにわざと大きい声を出しとるんじゃあ！　普段のわしは物静かなもん

じゃろうが！」

「どこがだよ」

爺さんは周りから入るツッコミも聞き流し、地図の上へついいっと指を走らせた。

「それでのぉ！　その追っかけてきた敵を渓谷まで引いていき、そこに伏せた兵で殺し間を作って平らげるっちゅうわけじゃ！」

「そんな上手《うま》くいくかのぉ、敵も渓谷までは入ってこんような気もするが……」

まあ仕方のない事だけど、こちらと敵の数が違いすぎて何をやってもバクチになってしまうのだ。集まった面々の中にも、不安な顔の者はちらほらといるようだった。

「その時は本当に先まで行って町を焼いてやればええ！　そうすれば次は必ず食いつくわい！　しかしのぉ！　わしに千人も預ければ、もっともっと色んな嫌がらせをして必ず勝たせてやったのに！　辺境伯様ももったいない事をしたのぉ！」

「千人もいりゃあマキアノだって攻めてこねぇよ！」

いい作戦かもしれないが、この作戦で最高に上手く殺せたとしても五十人やそこらといったところだろう。つまり、十回同じ事を成功させなければ敵はいなくならないのだ。しかもこちらは一度でも失敗すれば兵の大半を失う寡兵っぷりで、勝てる確率なんて万に一つもないような気がする。

だがしかし……とうとう会議が終わるその時まで、誰の口からも「城を捨てよう」という言葉が出る事はなかったのだった。

辺境騎士たちの決起

一ヶ月目の無理攻めが祟《たた》ってか、城の向かいの砦《とりで》からの敵の襲撃はめっきり減った。それどころか、どうも奴《やつ》らは町や城を無視して荒野を彷徨《うろつ》いているようにも見えた。毎日十人ほどの部隊がいくつも砦から出ていっては、城へも町へも攻めてこずに夜になる前に帰ってくる。

一体こんな荒野で何をやっているのか、何を求めているのか。俺たち騎士の中でも、そんな疑問が広がっていた時……見張りの番についていなかった者たちが突然騎士団長に叩《たた》き起こされ、全員が修練場へと呼び出された。

そして、そこに我らが使えるタヌカン家の、ご三男様付きの騎士であるイサラから……とんでもない情報がもたらされたのだった。

「敵はフーシャンクラン様を狙っている」

「馬鹿な！」

「どこから出た情報だ！」

皆がイサラに食って掛かる中、彼女は顔中に怒気を露《あら》わにして、髪の中に隠した妖精の羽を明滅させながら答えた。

「フシャ様が捕虜の言葉を覚えて聞き出したんだよぅ……敵は荒野に宝探しをしに来てるんだと

よぅ」

「なんと……」

「あの連中の言葉を……？　どうやってそんな事を……」

　この不毛の荒野にある宝、それは間違いなくこの辺境伯家が代々守り抜いてきた城である。そして、その中に秘められた特大の玉《ぎょく》こそが、ご三男のフーシャンクラン様だった。

「ならばフシャ様にはなんとかお逃れになって頂かなければ！」

「フーシャンクラン様さえ兄上様に合流して頂ければ、タヌカン辺境伯家の未来は明るいのだ！　さすれば我らも安心して、ここで城を枕に討ち死にできようぞ！」

「フシャ様は、城を捨てて逃げるような方じゃあない……自分が逃げるのは民の後だって、前にも言ってたよぅ」

　イサラは沈痛な面持ちで、絞り出すようにそう言った。彼女が常に一番フーシャンクラン様の近くにいるのだ、叶《かな》うならば今すぐに攫《さら》ってでも船に乗せたい気持ちだろう。

「そんな……」

「では、どうする！」

「俺だってフシャ様と同じ気持ちだ！　俺はここで生まれたんだ！　だからここで死ぬんだよ！」

　若い騎士が滂沱《ぼうだ》の涙を流しながらそう言うのに、周りの者もみな頷《うなず》いている。俺だって死ぬのは怖くない、だがフーシャンクラン様は俺なんかとは違って、いつか必ず何か大きい事をやる人間なのだ。たとえここで俺たちがみんな死んだとしても……あの子の命だけは、どうしても先に繋《つな》いでやりたかった。

「砦を攻めるか。奴らを根絶やしにすれば、あの子は死なずに済むぞ」

「どうやって？　敵は五百人からいるんだぞ」

「今グルドゥラ様のところに知恵者が集まっていると聞く、策を考えてもらうってのはどうだ？」

「とにかく、まずは辺境伯様の所に話を持っていくべきだ！」

「手ぬるい！　今からでも砦に攻め込もう！」

だんだん白熱していく議論に「静かに！」という騎士団長の喝が挟み込まれた。

「これよりこのヴァーサが命を賭して辺境伯様に砦攻めの上申を仕《つかまつ》る、志を共にせん者だけが続け」

「騎士団長！」

「団長！」

「そりゃあ全員だ！」

颯爽《さっそう》と歩く騎士団長の後を、俺たちは団子になって追いかけた。援軍が来ない事も、全員死ぬかもしれないという事も、まるで気にならなかった。

ただ、全員が同じ未来を見つめていた。俺たちが本当に守りたい輝かしい未来だけを、一心に見つめていたのだった。

大人たちが砦《とりで》を打ち破るために動き出したといえど、俺のやる事、できる事は前と変わらない。材料のある限り薬を作り、マッキャノ族の言葉を覚える、それだけだ。

父に城を守れと言われたからと言って、俺はまだまだ槍働《やりばたら》きも指揮もできない年。つまり俺は父が亡くなったという最悪の時に備えて、配下たちへ城を捨てる命令を下すという役割を持たせられた置物だ。子供らしく、安全地帯での居残りという仕事を貰《もら》ったと言ってもいい。

まぁ、それはそれでもいい。各々に、やるべき事は違うからだ。俺はおとなしく指揮権を持つ置物としての役割を果たしながら、錬金術師としての仕事を全うしていた。

そんな中、錬金術の材料を整理している途中に、一つのうす汚い袋が目に留まった。

「ああ、そういえばこれって結局何なんだっけ？」

袋の口を開けると、中に入っていたのは黒く変色した金属の粒だ。これはたしか山へ来ていたマッキャノ族の隊長格が持っていた物だったか。城に持ち帰って調べようと思っていたが、後回しにしてすっかり忘れてしまっていたものだ。

「マッキャノの事はマッキャノに聞くか」

せっかく言葉も勉強したのだからな……と、そう考えながら、俺は小袋を持って捕虜のいる牢屋《ろうや》を訪れたのだった。

「フシャ、サマ」

「フシャサマ」

「フシャ　ヘパリン　ドンゲ」

牢の奥から顔を出した占い師のロゴス婆《ばあ》さんに続いて、すっかりこちらの名前を覚えてくれたらしい男の捕虜二人もやって来たので、俺は三人の前に小袋を差し出した。

「ユア　ロウーア　デエア《なに》？」

袋の中身は何？　というような意味の事を聞くと、三人はそれぞれ金属の粒を指でつまみ上げてしげしげと眺めた。

「バイカロン？」

「バイカロン　ヘサ　バイカロン」

どうやら、これはマッキャノ族なら普通に知っているような物らしい。やはり彼らに聞きに来て正解だったな。

「バイカロン　デエア《なに》？」

聞くと、ロゴス婆さんが両手を揃《そろ》えた腕を振り上げて下ろす動作をした。これは武器を振るうってジェスチャーなんだろうか。

「バイカロン、ユッカ　ジュダ　ヴァグナ　メイクル」

えーっと、ユッカが作るだから……ジュダ　ヴァグナってのがなんか武器なのかな？

「ジュダ ヴァグナ？」

そう尋ねながら側《そば》にいたイサラの剣を指差すと、彼らは首を振って「ヴァグナ《（けん）》」と答えた。

「ジュダ、デェア《（なに）》？」

そう聞いてはみたが……どうやらジュダという言葉は抽象的な言葉のようだ。俺程度のマッキャノ語への理解力では、結局それが何なのかを摑《つか》む事はできなかった。

……だが、俺にはこういう風にどうしてもわからない事ができた時、幸いにも教えを請える相手が一人いた。先に生きる物知りがいるという事は、本当にありがたい事だ。俺は小汚い袋を携えて、塔の一室を勝手に占領している耳長先生《イスローテップ》の下へと向かったのだった。

「……ほう、これはまた、小童《こわっぱ》には似つかわしくもない古風な物を持ってきたな」

差し出された黒い石を一目見て、彼女は犬歯を剝《む》き出《だ》しにして楽しそうに笑う。どうやら、イスローテップはこれの正体を知っているようだった。

「これって古い物なの？」

「物というよりは、それに纏《まつ》わる伝承がだがな……それは紺碧鋼《バイカロン》、他の土地では神授鋼《オリハルコン》などとも言われるものだ。古き時代、伝説の岩人《エルダードワーフ》によって作られた開国の剣《つるぎ》、紺碧剣《チョノヴァグナ》に使われたという鉱物だよ」

「ええっ!?　じゃあ貴重な物なんだ!?」

「まあ滅多に出てくる物ではないが、逆に今では使い道もない。それを使って新たに紺碧剣《チョノヴァグナ》を作れたという鍛冶屋などどこにもおらん。要するに、霊験あらたかな屑鉄《くずてつ》というわけだ」

そう言って、彼女はくっくっと喉を鳴らして笑った。

「まぁしかし、いつか自分も紺碧剣《チヨノヴアグナ》をと夢見て、敬虔《けいけん》にそれを買い集める戦士もいるらしいが……」

ならば、あの時山であった戦士もそうだったのだろうか？　伝説の剣に繋《つな》がる金属だから、後生大事に持ち歩いていたのだとしたら、男として少しだけその気持がわかる気がした。

「まぁ世の名だたる鍛冶屋が挑戦して皆破れた今となっては、一種の詐欺に使われるような代物であるがなぁ。普通に鉄に混ぜて剣を作っても、くすんだ脆《もろ》い剣が出来上がるだけであるぞよ」

長耳先生は薪《まき》もくべていないのに暖かな光を放つ暖炉の前に寝そべったままそう言って、クスクスと笑う。

だが、なぜだろうか。神授鋼《オリハルコン》という名前を聞いたその時から、俺には不思議とこの鉱物の加工法がわかるような気がして仕方がなかった。「暖まっていかんか？」と、身体《からだ》にかけた毛布の裾を上げて手招きをする耳長先生《エルフ》に丁重に御礼《おれい》を言って、俺はすぐに部屋を出た。

「紺碧剣《チヨノヴアグナ》ねぇ」

「青い剣なんて聞いた事もありませんよぅ」

「でもなぁんか、作れそうな気がするんだよなぁ。マッキャノの奴《やつ》ら、宝を探してるんだろう？　一本作ってくれてやったら、満足して帰ってくれねぇかなぁ？」

「それは、どうでしょうか？」

そんな考えもあったと言えばあったが……どちらかというと俺自身が、伝説の剣というド直球にファンタジーな存在に興味津々だったのだ。

伝説の剣といえば、ゲームや漫画でもよく出てくる主人公の強化アイテムだ。そういう創作の中では、振れば光の刃が飛んだり、勇者の雷を放てたり、じわじわと傷を癒やしたりと、様々な特殊能力を持つ剣が目白押しだった。

一体、紺碧《こんぺき》の剣にはどういう力があるんだろうか？　まぁ、別に特別な力がなくたって構わないのだが、せっかくだからその姿ぐらいは見てみたいという気持ちがあった。

剣なんて十歳のちんちくりんである俺自身が使えるとは思わないが、キントマンやイサラに持たせれば何かの足しぐらいにはなるかもしれない。それに非常時とはいえ、補給があった今となっては、剣を作るぐらいの資材の余裕はある事だしな。

そう考えた俺はその足で岩人《ドワーフ》の鍛冶師コダラの下へと向かい、城の鍛冶場で他の鍛冶師と交ざって仕事をしていた彼を呼び出した。そして分厚い革のエプロンの中に手を入れて腹を掻《か》く彼に、袋に入った神授鋼《オリハルコン》を見せると……コダラはそれをしばらく眺めてから、なんだか困ったような表情を見せたのだった。

「なんだい、これ？」

「なんか剣に使える金属らしい。これで合金を作って剣を打ってもらいたい」

「鉄と混ぜるって事かい？　そんぐらいなら俺にもできるかもしれないが……」

なんだか自信なさ気にそう言う彼だが、彼の実力の確かさはいくつも農具を作らせた俺自身がよく知っている事だ。コダラならば、難しい部分のお膳立てを錬金術でしてしまえば、伝説の剣の一本二本は軽い事だろう。

「鉄だけじゃなく、銅と金銀……あとは純粋な塩と……酒、砂糖に……処女の髪の毛、竜の鱗《うろこ》……はなさそうだから妖精の鱗粉《りんぷん》と前歯の乳歯……」

「そんなもん混ぜたって炭になっちまうだけだぞ」

「混ぜるのは錬金術でやる。コダラは火の加減を見て、最後に剣にしてくれればいい」

彼はなんだか心配そうにこちらを見ているが、本当にそう難しい事ではないのだ。正直に言えば、別に今挙げた物が全部必要なわけでもない。

大半の物は、錬金術が神授鋼《オリハルコン》と他の金属を合金に変える過程を補助し、短縮《ショートカット》するための素材だ。手に入りそうな物の中から挙げただけで、本来錬金術というものは時間と手間をかければもっともっと無理の利く技術なのだ。

「とにかく、準備をしてから戻るから大きめの坩堝《るつぼ》を出しといてくれ」

「わかったよ」

そうして俺は一旦鍛冶場を離れ、まずは自分の研究室へと戻った。大金貨を残らず放出して随分と軽くなった宝箱を開け、小さな銀の指輪、金の耳飾り、なぜか捨てずにいた乳歯を取り出す。それと衣装棚に入った兄のお下がりのコートから銅のボタンを毟《むし》り取り、材料籠へと放り込んだ。

「あとは調理場で手に入るかな」

俺は籠をイサラに任せ、城の調理場へと向かう。城全体の食事が作られているそこでは子供たちが働いていて、野菜の皮を剥いたり皿を洗ったり掃除をしたりとなかなか忙しそうな様子だった。

料理長に許可を貰って材料を確保し、調理場の隅で誰かの服を繕っていたマーサの下へと向かう。

「マーサ、ちょっと髪を貰えないか？」

「え？　髪ですか？　実は昨日切ってしまったばっかりで……」

そう言って首を回す彼女の髪は、なるほど後ろからでも首が見えるぐらいに短かった。首元にはコダラが作ってくれた金色の指輪が、革の紐《ひも》に結ばれて光っている。よしよし、ちゃんと皆普段から身につけてくれているようだな。

「別にもっと切ってもいいですけど」

「いや、それじゃあ寒いだろう」

どうしたものかなぁ、小さい子供たちはみんなマーサと同じぐらいの長さだしな……悩みながら頭を掻く俺の目の前に、横から金色の髪が一房差し出される。伸びた腕の元を辿《たど》ると、憮然《ぶぜん》とした表情のイサラがそっぽを向いていた。

「……ありがとう、イサラ」

「いーえー」

……ともかく、これでだいたいの素材は揃ったわけだ。俺は改めて鍛冶場の炉を借り、金属の入った坩堝《るつぼ》を火にかけたのだった。炉に入った炭へとふいごで風を送って温度を上げ、同時に錬金術で素材へ干渉して融点を下げる。

重要なのは混ぜ方だ。錬金術の本懐は卑金属を貴金属へと作り変える事であるが、その技術の一端を担うのが物質の再構成である。

「イサラ」

「なんでしょう」

金属に錬金をかけながら近くにいたイサラへ手招きをすると、彼女はこちらに顔を近づけてくる。そんな彼女の首筋に手をやり、滑らかな髪の中にいる妖精の身体を捕まえて、その羽を指でなぞった。

「妖精の鱗粉は身体から離れるとすぐに消えてしまうからな……」

乙女の首元に失礼をした言い訳のようにそうぼやきながら、指の先についた粉を坩堝へと落とす。これはつなぎだ、金属の組成を組み換えて新たな金属に作り変える、その時に生まれる間隙《ギャップ》を埋めるための素材だった。

髪、歯、その上から酒を一回し。水蒸気が立ち上る中に塩を流し込んで反応を促進し、隠し味に砂糖を少々。

「これって今何をやってるんだ？」

「金属を小さな小さな粒に分解して、新しく並べ直してるんだよ」

「それって普通に溶かすのと何の違いがあンだ？」

「紐を編んで作った綱《つな》が、最初から一本の太い紐だったらどうだ？　それもしなやかさを保ったまま の、鉄でできた紐だったら？」

「そんなの作ったって、重くて持ち運べないんじゃないか？」

「そこは高めた強度で体積を減らして補うわけだ」

コダラに説明をしながらも手は止めない。反応促進のための素材をふんだんに使ったからか、喋《しゃべ》っている間に完成してしまいそうだったからだ。

「イーダの奴が砦攻めに行ってなかったら炭を使わずに済んだのになぁ」

「仕方ないだろ、魔法使いってのは貴重なもんだ」

まぁ、炭の節約という意味で時間をかけないレシピを選択したというのもある。俺はかまぼこ形の鋳型を火ばさみで近くへ引き寄せ、坩堝を持ち上げようとしたのだが……それを横から伸びたコダラの大きな手が止めた。

「そりゃあ無理だ、俺がやろう」

「じゃあ頼む」

火ばさみを渡すと、彼は大きな坩堝を軽々と持ち上げ、鋳型に中身を流し込んでいく。マッキャノ族の地では紺碧鋼《バイカロン》と呼ばれる神授鋼《オリハルコン》、それを伝説の剣《チヨノヴアグナ》を作るために合金にしたものだから……まぁ神剣鋼《チヨノメタル》とでも呼んでみようか。

「あぁ……こうなっちゃったか」

伝承通りならば、それは美しい紺碧の地金を見せるはずだった。だが煙を上げながらその姿を現したその金属は、紺碧というよりはむしろ緑色になってしまっていたのだった……。

「やっぱ根本的に神授鋼《オリハルコン》の量が少なかったかな、剣が作れる量を取るためにだいぶ鉄でかさ増ししたからな……」

「いや、フシャ様よう、これ……」

「本当はもっと青い色が出るはずだったんだけどなぁ」

「俺も実家にいた頃は色んな金属を見てきたけどよ、緑色の金属なんて聞いた事もねぇよ、これで剣なんか作れるのか……？」

そう言いながらなんだか心配そうに頭を抱えるコダラの背中を、俺はポンポンと叩《たた》いた。

「大丈夫だよ、これで作られた剣がちゃんとマッキャノ族に伝わってるんだってさ」

「全然大丈夫じゃないけどよ、その剣を打ったっていう鍛冶師と一度話してみてぇな」

伝説の岩人《エルダードワーフ》が作ったって話だから、もう死んでるんじゃないかな。まぁ、合金自体は割と簡単に作れたから、たぶん世界のどこかにはこれで剣やら何やらを打ちまくってる奴らがいるとは思うんだけどな。

耳長《エルフ》先生の言っていた、伝説がどうこうってのも……あくまで、ここらへんでは珍しいってぐらいの話でしかないのだろう。時代が進むにつれ、伝説が伝説でなくなっていくなんて事は、前世でもよくある事だった。

「とにかくさ、これで一本剣を打ってみてくれよ。拵《こしら》えはまぁ、なんか伝説の剣っぽい感じで」

「伝説の剣ってのがどういう拵えなのかはわからねぇが、とりあえず豪華な感じにしとけばいいのか？」

「それでいい、任せるよ」

「俺ぁ剣専門じゃないからよ、あんまり期待しねぇでくれよな」

「期待してるよ」

「へっ、岩人使《ドワーフ》いの荒い子供だよ」

ぶつぶつと文句を言いながらも、さっそく準備にかかったコダラに後の事を丸投げして、俺とイサラは鍛冶場から出た。

火に炙《あぶ》られて火照《ほて》っていた顔が、冷たい空気に冷まされて気持ちがいい。ひと仕事終えた後の解放感に浸りながら歩き出すと、城の正門から騎士たちの声が聞こえた。野太くも明るいその声は……砦攻め作戦の第一波、その大成功を伝えに走ってきた、先触れを迎えた者たちの上げた歓声なのだった。

神の道と人の道

岩人《ドワーフ》として生まれた者は、何かを追い続ける人生こそが本懐である。

それこそが太古から定められた岩人《ドワーフ》の生き様なのだと、俺は親父《おやじ》や爺《じい》さんから教わった。ある者は鍛冶の道を極め、ある者は酒造りを極め、ある者は歌い奏でる事に命を捧《ささ》げた。

芸を極め、神の領域を目指さない岩人《ドワーフ》なんてどこにもいない。そう言われて育った俺は、長じて生家を飛び出した。理由は簡単だ、生家は鍛冶屋で、兄がその家を継いでいたからだ。

「俺は俺の鍛冶の道を見つける！　短い人生だ、俺は自分で稼いで自分の鍛冶場を持つんだ！」

俺は歴史に名を残し、永遠に残るような大業物の剣を打つ。そう宣言して、その志やあっぱれと見送られ、故郷を後にした。

岩人《ドワーフ》の世界は簡単だ。ただひたすらに上を目指し……その過程で志半ばにして死んだならば、それはそれで良かった。だが、人の世は難しかった。

「岩人《ドワーフ》は雇わない」

「なぜだ、腕は確かだ！　試してみてくれ！」

「腕は関係ない、岩人《ドワーフ》はいらない」

どこの鍛冶場に行ってもにべもなく断られ、路銀の調達にすら困る有様。身体《からだ》だけは丈夫な俺は、仕方なく荷運びや工事の仕事を貰《もら》い、爪に火を灯《とも》すようにして貯《た》めた金を使って次の町、また次の町へと旅をした。だが、どこへ行っても岩人《ドワーフ》というだけで鍛冶仕事は貰えず……八方塞がりの中、痩せた財布を絞って酒場で飲んでいた俺に、酔客が絡んだ。

「なんだお前、岩人《ドワーフ》じゃねぇか。どこのもんだ」

「ビートゥから出てきたものだ」

「ああ、岩人《ドワーフ》ばっかり集まってるってとこか、あんで出てきたんだよ」

「そりゃあ、鍛冶を極めるためだ」

俺がそう言うと、猿人族の酔客は一瞬押し黙ってから大声で笑った。

「鍛冶を！　うひゃひゃひゃひゃひゃ！　そりゃあいい！　お前みてぇな奴《やつ》がここらへんにもいるぜ！

西の橋を渡ったあたりによぉ！」

「そうなのか？」

聞くと、隣の机《テーブル》に座っていた農夫らしき男が話に入ってきた。

「でもよぉ、ありゃあもう死んだんじゃねぇか？」

「俺ぁこないだ見たぜ、ここらへんまでゴミ漁《あさ》りに来てんのをよぉ」

「ゴミを？」

「そうだよ、岩人《ドワーフ》の兄ちゃん、ああなったら終わりだよ、終わり。腕があんのか知らねぇが、鍛冶師が客選ぶようになったら終わりだよ」

酒場の喧騒《けんそう》の中に「終わりだよ」という男の言葉が大きく響いた気がした。

その翌日、同じ地にいるという同族の話が気になった俺は……早朝から村の西の橋を渡っていた。普段人があまり通らないのだろう細い道の脇には、岩人《ドワーフ》の背丈に迫ろうかという草がぼうぼうに生えている。その道から河原へと逸《そ》れる獣道のようなものを辿《たど》り、ようやく鍛冶場の残骸のようなものを見つけた頃には、すでに日は中天へと昇っていた。

屋根も半分抜け落ち、壁の一部は木の根に持ち上げられ、とうてい人が住むような場所ではない。だがその鍛冶場の中には、もう服とも呼べないようなぼろを纏《まと》った、髭《ひげ》だらけの岩人《ドワーフ》が座っていたのだった。

「あんだ、お前は？」

「鍛冶屋がいると聞いてきたんだが……」

髭の岩人《ドワーフ》は俺の事をジロジロと眺めて、顎をかきながら答えた。

「仕事か？　言っとくが、俺は槍《やり》の穂先しか作らねぇ」

「槍の穂先だけ？」

「そうだ、俺は天才だ。槍の穂先ならどこのどいつにも負けねぇ、古い岩人《エルダードワーフ》にだって引けは取らねぇ」

窶《やつ》れ切って、もう鉄なんか打てそうもない彼は、細い腕を組んで自信満々にそう言った。炭どころか火種もない鍛冶場で、罅《ひび》の入った炉で、錆《さ》びきって土に還《かえ》ろうとしている鉄で、一体どうやって穂先を作るというのだろうか。

「だけど、こんな所じゃあ客は多くないんじゃないか？」

「今はたまたまだ。俺は槍の神に身を捧げて、道を極めたんだ。いつか世界に俺が必要になる時が必ずやってくる。若ぇの、お前も道を極めていけば必ずわかる」

落ち窪《くぼ》んだ目でそう言う彼に、俺は何も言う事ができなかった。同時に、岩人《ドワーフ》だからという理由で俺を拒み続けた鍛冶場の言いたかった事が、少しだけわかった気がした。

俺は鍛冶を極めるために、故郷を出たはずだ。剣の神に身を捧げて大業物を打つために、生まれ出《い》でたはずだ。だが、その後も旅を続ければ続けるほど、いつだってあの岩人《ドワーフ》の姿が頭によぎった。

俺はああはなりたくないと、そう思ってしまったのだ。鍛冶を極めた先にあるのがあの岩人《ドワーフ》の姿なのだとしたら、それは悲しすぎるじゃあないかと、そう思ってしまったのだ。

気がつけば、俺はある傭兵団《ようへいだん》に潜り込んでいた。故郷をなくしたキントマンという猿人族が頭の、あぶれ者の掃《は》き溜《だ》めのような傭兵団だ。

傭兵働きは初めてだったが、どうという事もなかった。旅を続けていれば武芸の心得だって多少は身につくもので、俺は戦斧《せんぷ》を使う戦士として戦列に加わった。

あぶれ者ばかりがいるせいか、どいつもこいつも割と人懐っこく、俺はすぐに皆と打ち解けて……故郷を出て以来久しく感じる事のなかった、家族といる安心感というものを、キントマンの団に感じていたのだった。

そして傭兵団と共に旅をしていくうちに、俺はだんだん小さな鍛冶を任されるようになった。持ち運びができる鍛冶道具を買い与えられ、日用品の簡単な修繕や、剣や槍の研ぎ、鏃《やじり》作りを担うようになると……皆が俺を頼りにしてくれるようになる。そうすると、俺も自分の技術の限りにそれに応えたくなり、どんな事でもなんとかしてやろうと頑張った。

「コダラよお、お前、髪飾りなんて作れねぇか？」

「髪飾りぃ？　おめぇがつけるのか、似合わんぞ？」

「バカ野郎！　女だよ！　女！」

「ティルダよお、そういうのはな、ちゃんとそういう店で買え」

「チェッ、あんだよ、コダラができねぇってんならしょうがねぇな」

「できねぇなんて言ってねぇだろ！」

「さっすが岩人《ドワーフ》だぜ、三つ頼むな、三つ」

「ふざけんじゃねぇぞ！」

それは故郷を出た時以来、久しく感じていなかった……鍛冶への充足感に包まれた日々だった。

自分の腕を振るって、誰かを喜ばせる。自分の作った物が、誰かの助けになる。そんな当たり前の事が、なぜか無闇に楽しかった。

釘《くぎ》に剃刀《かみそり》、食器に装飾品。歴史に残るような飛竜を倒す大剣でも、伝説の剣豪の指物でも、触れただけで全てを分かつ魔剣でもなく……本当に他愛もないものばかりを作っては、皆を喜ばせた。

そしていつしか俺はもう、自分の鍛冶場を持って神に奉じる剣を打とうという気もなくなっていた。

剣の神の下へ侍《はべ》るには、諦めなければいけない物が多すぎると……そう思うようになったのだ。ただ傭兵団で受け取った皆の笑顔は、いつしか俺の中の信仰心をすっかり曇らせてしまったのだ。ただの鍛冶屋として、このまま同じ場所で老いていく事も悪くないと、そう感じてしまったのだ。

だが、そんな黄金のような日々にも、突然終わりはやって来た。

依頼主に嵌《は》められたのか、偶然だったのかは未《いま》だにわからない。ただ、俺たちは戦いに出た先で土竜《ドラゴン》と遭遇し、団の人間の大半を、大事な家族を失ったのだ。

「もう、やめちまうか……」

キントマンのその一言に、反対する奴は一人もいなかった。俺たちはぶっ殺した土竜《ドラゴン》を売り払い、田舎に引っ込んだ。そしてキントマンはそこに、俺の鍛冶場を建ててくれた。

皮肉なもんだ。旅の始めにいらねぇと思った家族《もん》をまた手に入れて、人生の目標よりも大事になって。それを突然亡くしたと思ったら、旅の始めに求めた鍛冶場《もん》がポンと手に入っちまった。

神様よう、一度に両方手に入れるのは贅沢《ぜいたく》だってのか？　神に殉じる道は、岩人《ドワーフ》の生きる道は、そんなにも厳しいってのかよ。

やっぱり、そんなもんは俺にはいらねぇ。歴史に名を残す事も、永遠に残るような大業物を打つ事も、もう二度とは望まねぇ。だから……どうかもう、これ以上俺から誰も奪わないでくれねぇか。

「でもよぉコダラ、お前は残った側なんだぜ。生き残ったんだよ。それだけで儲《もう》けもんじゃねぇか、難しく考える事なんか何もねぇじゃあねぇか」

だが、いつも俺を無理難題で困らせたティルダが、空の上からそう言ったような気もした。

たしかに、俺は生きている。キントマンも、何人かの仲間も、生き残ったんだ。傭兵として生きていくのなら、それ以上の贅沢はなかったのかもな。

「コダラさん、釘ぃできてるかい？」

「ああ親方かい、できてるよ」

「あんたの釘いいよ、粘り強くて木によく食いつく」

「そりゃあどうも」

しかし、俺はまた鍛冶屋として歩き出したのだ。荒事から足を洗った傭兵団の仲間を食わせていくために、そして鍛冶場を持たせてくれたキントマンに恩を返すために。

行ったり来たりの人生だが、その間に色んな物に揉《も》まれたという事もあってか、鍛冶師としての暮らしは順調だった。客や仕事を選ばない俺に、岩人《ドワーフ》という事で最初は敬遠していた人たちもだんだん仕事を頼んでくれるようになり……鍛冶場はそこそこ繁盛し、手伝ってくれている傭兵団の皆が忙しいと文句を言うぐらいだ。

昔のように大志を抱く事もないし、失った仲間たちに釣り合うとは思わない。だけどやっぱり、これはこれでいい暮らしなのかもしれないと、現金な俺はそう思えるようにもなった。だが、そんな田舎の暮らしも、そこまで長くは続かなかった。

「永遠、か……」

旧友からの手紙を受け取ったというキントマンが、なんだかそわそわとし始めたからだ。キントマンがこうなると、次の旅が始まる。傭兵団のみんなはそれを知っていたから……キントマンの「ここで待っていろ」という置き手紙の指示も聞かず、全員がすぐに奴の後を追った。

俺も、鍛冶場の扉に「傭兵の仕事に出ます」という札をかけ、戦斧を担いでそれに続く。ようやく手に入れた鍛冶場を手放す事も、これでいいと納得できた暮らしから離れる事も、少しも惜しくは感じなかった。俺はもう、夢と家族のどちらを手の内に残すか、しっかりと心に決めていたからだ。

Emerald Sword 6

初戦で大成功を収めた砦《とりで》攻略作戦、そしてその二日後に行われた二戦目までもが無事成功に終わった。老兵たちの作戦は面白いぐらいに爆発し、我々は僅かな犠牲で百人近い敵を屠《ほふ》る事に成功したのだ。

士気は高まり続け、留《とど》まるところを知らず。城中が勝利の熱狂に沸く中、すぐに三度目の作戦の準備が進められた。

そして今日の朝、城から港に続く隠し通路から先に出た、城主である父が率いる待ち伏せ部隊に続き、囮《おとり》役の騎士たちは「三度の征伐を！」と勇んで出撃して行ったのだった。しかし、夕闇に紛れて帰ってくるはずだった軍は戻らず……夜が更けても、結局勇士たちは一人たりとも戻ってくる事はなかったのだった。

ごうごうと吹く風の音だけが、やけに響く真夜中。防衛戦をするためだけの人員しか残っていない、主のいない抜け殻の城……そのずいぶんと寂しくなった大部屋で、俺たちは最後になるかもしれない会議を行っていた。

「フシャ様、今ならまだ敵も動いてねぇ、あんたはすぐにずらかるべきだ」

「そうですよぅ、夜が明けたらエイラ様とムウナ様を連れてすぐにコウタスマ様の所に行きましょう」

「城は我々騎士団が預かりまする、どうかフーシャンクラン様におかれましてはお逃げ延びを……」

城に残っているキントマンの傭兵団《ようへいだん》の一部と、イサラを始めとした騎士団の面々がそう言ってくれるが、俺に任された役割を思えばそういうわけにもいかなかった。

「状況もわからんのに動けるわけがないだろう。城を捨てて逃げて、敵に取られた城に父上たちが戻ってきたなんて事になってみろ……俺はその後、どの面を下げて生きていけばいいんだよ」

弟が城を守る役目を果たさず父を見捨てて逃げた、などと揶揄《やゆ》されれば……王都にいる長兄リーベンスもさぞやりにくくなる事だろう。そこには、国からの救援が来ないだの、俺が十歳だのといった事はまるで関係がないのだ。

一筋の傷があれば、容赦なくそこを突かれるのが貴族社会なのだと、グル爺《じい》は言っていた。書庫にあった本にも、よくそういう話が面白おかしく書かれていたものだ。

知恵者の老人たちを従えるように座るグル爺をちらりと見ると、傷を抉《えぐ》られ荒野まで追われてきたかつての名将軍は、にっこりと笑って頷《うなず》いた。わかっているさ。貴族は面子《メンツ》で生きている、つまり面子のために死ぬ事もまた、貴族の役目なのだ。

「……キントマン、悪いが朝になったら港まで母と妹と子供たちを頼めるか？」

「おい！　そりゃあないぜ！　その間に敵が攻めて来たらどうするんだよ！」

キントマンは反論するが、母と妹を逃がすのは俺の一番大切な仕事だ。だからこそ、頼める中で一番仕事のできる奴《やつ》に任せたかった。

「お前を見込んでの事だ。そのまま港に留まり、いざという時は母と妹を王都まで頼む。礼は必ず兄がしてくれるはずだ」

「そんな……そんなもんっ！　いらねぇよ！　あんたが死ぬかもしれねぇって時に横にいねぇ子分なんか、いる意味がねぇだろ！」

「上の骨を拾うのも下の役目だろう。なあ、頼むよキントマン、俺を安心させてくれ」

頭を下げてそう頼むと、彼は泣きそうな顔をして、まるで懇願するようにこう言った。

「じゃあ……じゃあよぉ！　約束してくれよ！　もしこれであんたが生き残ったら、こんな貧乏くじはこれっきりだってよぉ！」

貴族に面子があるように、きっと傭兵にも傭兵の面子があるのだろう。俺が無理を言ってそれを曲げさせてしまったのだとしたら、彼には悪い事をした。

「わかったよ、約束する。武運拙く死んだとしても、お前への恩は決して忘れない」

「じゃあよ……戦えない者をみんな連れて、俺たちは明日の朝出るぜ」

「ありがとう、状況がわかればすぐに狼煙《のろし》を上げる。兄も承知の事だと思うが、城が落ちれば一目散に行け」

俺は残りの者の顔を見回して、机の上にトンと拳を突いた。

「残りの者は、悪いが一緒に死んでもらう事になるかもしれん。何か心残りのある者はキントマンと共に行け、俺の責任において咎《とが》め立《だ》てはしない」

そう言うと、騎士たちはなぜか立ち上がり、嬉《うれ》しそうに叫んだ。

「いませんよそんな奴は!!」

「こんないいところで逃げたら、空の上で親父《おやじ》たちに小突き回されます！」

「妻子はもう港にいます！　心残りはありません！」

「この時代に生まれて良かったぁ!!」

「……皆、ありがとう」

騎士たちはまるで物語の勇者のように殊更に勇猛に振る舞ってはいるが、本当にそう思っているわけではないだろう。彼らは幼い俺を心配させないために、空元気を演じてくれたのだ。その心遣いには頭が下がるばかり。

本当は彼らも逃してやりたいが、そうすると敵が城を越えて一気に港まで流れ込む恐れがある。港に家族を残している者も大勢いるし、どの道全員は船には乗れない。ここで踏ん張るしかないのは、彼らも俺と同じだった。

「縁者への手紙を渡していない者は、明日の朝までに書いておけ」

最後に皆へそう言って、会議は終わった。何の事はない、俺がした事は生きる者と死ぬ者を選んだだけだ。

父たちが生きていればいいが、死んでいればどれだけ頑張ってもこの城が春を迎える事はないだろう。敵のいる荒野へも行けず、雪の積もった山も越えられず、船無しでは海も渡れない。

だが、たとえどこかへ逃れられたとしても、どの道我々に行き場所などないのだ。そんなものがあれば、こんな荒野で戦略的に何の意味もない城に、何百年もしがみついているわけがない。この悪い土地《バッドランド》だけが、俺たちの居場所なのだ。

大部屋を出て塔へ向かう途中、そんな事を考えながらふと見上げた廊下の窓からは、月がこちらを見ていた。風前の灯火《ともしび》となった俺たちを、永遠の象徴《しょうちょう》たる月が、憐《あわ》れむように見下ろしていた。

「おぅい」

そして、そんな月を見ていた俺を、誰かの声が呼んだ気がした。

「おぅい」

「あれ、何だろ？　イサラは聞こえた？」

「聞こえましたよぅ」

それは決して月の声などではない、なんだか疲れ切ったような、生気の薄れたか細い声だった。

「おぅい、フシャ様よぅ」

目を凝らして暗い廊下を見回すと、声は鍛冶場の入り口からしているようだった。近づいてみると、鍛冶場から微《かす》かに漏れる光の中に、岩人《ドワーフ》のコダラが立っていた。背中を丸め、目を血走らせた彼は幽鬼のような有様で、身体《からだ》も拭いていないのか少し臭った。

「どうしたんだよコダラ、お前寝てないのか？」

「おりゃあ、あんたに言われた仕事をしてたんだよ。出来上がったからよ、見てもらおうと思って……」

「仕事って……剣が間に合ったのか!?」

そう聞くと、コダラは不思議そうな顔で首を傾《かし》げた。

「間に合った……？」

「今朝出ていった父上たちが夜になっても一人も帰ってこなかったんだ。お前たちには明日の朝港に退いてもらう事になった」

「おお、そりゃあ危ないとこだった。さ、さ、すぐ見てくれよ」

俺はコダラに引っ張られるがままに鍛冶場へと入った。火の落ちた鍛冶場の中にはランプ一つだけがかけられていたが、全く暗いとは感じない。なぜならば、鍛冶場にはもう一つ光源があったのだ。

「すんげぇ……」

足踏み砥石《といし》に立てかけられた、薄緑色のその剣が。俺がコダラに頼んだ、神剣鋼《チヨノメタル》のその剣が。マッキャノ族が、紺碧剣《チヨノヴアグナ》と呼んだであろうその剣が。全身でその存在を主張するかのように、緑色の光を周囲に放っていたのだ。

「でもコダラ……これ、なんで光ってんの？」

「あ……？　熱が冷めてからはずーっと光ってるが……そういう素材なんじゃないのか？」

「光るとは思わなかったなぁ……」

なんだか感電でもしそうな気がして、こわごわと薄緑色の剣を手に取った。俺の身長の半分以上もある長さのその剣は、しかし、驚くほどに軽かった。

「これ、なんでこんなに軽いの？」

「坩堝《るつぼ》に入ってた時から、素材からは考えられないぐらいに軽かったが……そういう素材なんじゃないのか？」

「軽いとは思わなかったなぁ……」

なんとなく振るってみるが、他の剣とは違って全く身体が持っていかれる感覚がない。これぐらいなら、今の俺にでも使う事ができそうだった。

「これなら俺も戦えそうだな」

「それなら良かった！　寝ないで間に合わせた甲斐《かい》があったよ！」

「ありがとうコダラ、この剣に恥じないように戦うよ」

剣は騎士たちのよく使うロングソードと同じぐらいの長さで、剣身とは別の金属で作られた柄《ヒルト》には流麗な彫金が施され、握りの部分には滑り止めの細い溝が無数に彫られている。剣身は向こう側が透けて見えそうな半透明で、内側から緑の光を放つ美しいその姿は、まるでライトを当てた翠玉《エメラルド》のようにも見えた。

「……エメラルド・ソードと名付けよう」

「エメ……？　マキアノの言葉ですか？」

「ま、そんなところかな」

不思議そうな顔でこちらを見るイサラにそう言って笑い、俺はコダラのくれた鞘《さや》に入れて腰にその剣を吊《つ》った。その姿を見て、コダラはなんだか緊張の糸が切れたように床へとへたり込む。相当無理をしてくれたのだろう、彼はまるで命を削ったかのようにやつれていた。

俺がそんな彼の前にしゃがみ込むと、コダラは顔をこちらに向けてぽつぽつと話し始める。

「なあフシャ様よう……そいつは間違いなく、俺の人生で一番の剣だ」

「ああ、こんな凄《すご》い剣は見た事がないよ」

「俺はちゃんと、あんたの役に立ったかい？」

「もちろんだ、完璧だ」

「俺はちゃんと、鍛冶師として仕事をやれたかい？」

「ああ、天下一の仕事だ。この剣が証明だ」

「俺なんかがその剣を打って、本当に良かったのかい？」

「お前以外に俺の鍛冶師はいない。コダラ、よくやってくれた」

「じゃあ、良かったよ……」

安心したようにそう零《こぼ》して、彼は床の上に大の字になった。精も根も尽き果てたといった様子の彼の腹を、俺はポンと掌《てのひら》で叩《たた》く。

「明日の朝の退却には遅れるなよ。ちゃんとキントマンについていけ」

「わかってる……さ……傭兵は……逃げ足も……武器……」

あっという間に眠りに落ちつつある彼の身体に、近くにあった革のエプロンをかける。そして今生の別れになるかもしれないとは思っていたが、俺は振り返らずに鍛冶場を出た。

窓へ目をやると、もう月は見えず……ただ腰に吊った剣から漏れる燐光《りんこう》だけが、俺の行き先を照らしてくれていた。

◆

翌日、その知らせは母や妹がすでに港についたであろう、昼過ぎにやって来た。荒野から港へ逃れ、隠し通路からやって来たその騎士は、攻撃部隊に参加していた者だった。

「策を逆手に取られ！　敵二百の待ち伏せに遭い！　本隊は現在敵部隊を逃れ渓谷地帯に潜伏しています！」

「父は無事か？」

「ご無事です！」

「おお！」

「それは一安心！」

安堵《あんど》に沸く騎士たちと共に、俺も胸を撫《な》で下ろした。やはり領主の生存という報の力は大きく、昨日まで張り詰めていた皆の空気が一気に緩んだようだった。

「ですが敵の数が多く、渓谷より逃げ出す隙も滅多にございません！　水の手持ちが心許《こころもと》なく、このままでは干上がってしまいます！　夕闇に紛れ、乾坤一擲《けんこんいってき》の勝負をかけて城側への脱出を試みるため、なんとか陽動を願う！　との事です！」

「陽動ねぇ……」

俺の腰には、ちょうどそういう用途のために誂《あつら》えたように、ビカビカと光るよく目立つ剣が吊られていた。この剣が本当にマッキャノ族の伝承にある紺碧剣《チヨノヴアグナ》と同じものだとすれば、城からこれを持った者が出てくる衝撃は計り知れないだろう。陽動としてはそれ以上ない物になるはず。

とはいえ、実はこの剣が本当に彼らにとってお宝なのかという事については、未《いま》だにわかっていないのだ。俺はそれを確かめるため、剣を持ってマッキャノ族の捕虜の入る牢《ろう》を訪れたのだった。

「フシャサマ」

「フシャサマ　コンニチワ」

「カルル　フシャ　イロイル　ヴァグナ《けん》」

俺とイサラが牢部屋に入ると、男二人は片手を上げてこちらに挨拶し、婆《ばあ》さんは「剣なんか持ってどうした？」と尋ねてきた。

一から覚えたマッキャノの言葉も、我ながらよくここまでわかるようになったものだ。

「ユーラ　ナ　ヴァグナ《けん》」

この剣を見ろと伝え、俺は小さい腕を必死に伸ばして剣を引き抜いた……。

そして薄緑色の燐光を放つそれを見た三人は、唖然《あぜん》とした顔で固まっていた。

「チヨノ……ヴァグナ？」

「ジュダヴァグナ《そのけんは》？　チヨノヴァグナ？」

「やはり、そう見えるか」

ならば良し、だ。

納得した俺がぎこちない手付きで剣を戻そうとしていると、見かねたイサラが受け取って鞘に戻してくれた。やはりいくら軽かろうと、十歳の手足では腰に吊った剣を扱うのは難しいな。

「フシャサマ トント ラオカン」

「ラオカン?」

マッキャノ族の男から、聞き慣れない言葉が出たので聞き返すと、男は興奮した様子で「ラオカン トント ラオカン!」と繰り返すばかり。

そればかりでは困ってしまう。説明してもらえないかとロゴス婆さんを見ると、彼女は呆《ほう》けたような顔で、こちらに手を合わせていた。

「フシャ ミーディ《（ほんものの）》 ピグリム《（たから）》。フシャ ウィトタラケン ラオカン。ラオカン ユタ グリジ、イロイル チヨノヴァグナ、ルトス ルブラ チヨノ」

「フシャ様、この者はなんと……?」

イサラが聞くが、知らない単語が多くて俺にもほとんどわからない。

「俺は宝……俺はラオカンかもしれない……ラオカンは何かが黒く……チヨノヴァグナを持ち……金色が……なんとかって言ってるな」

結局、ラオカンってのは何者なんだ? 気になるところではあるが、もうじき夕暮れが来る。詳しく聞いている暇はなさそうだった。

「ロゴス婆さんたちには色々勉強させてもらった。世話になったよ。マステク《（ありがとう）》」

マッキャノの言葉で端的に礼を述べると、彼らは片膝立ちになって合わせた手を上げた。

「フシャ トゥウラ ピルム《（げんきで）》」

「マステク《ありがとう》」

婆さんに「元気でな」と言われた俺は、もう一度礼を言い、胸を張って牢部屋を出た。まぁ、一世一代の大博打《おおばくち》だ。せいぜい元気にやってやるさ。


そして、夕暮れはすぐにやって来た。

太陽が沈みゆく中、渓谷の方から合図の狼煙が上がったのを確認し……真っ赤に染まる荒野へ向け、俺と十名ほどの騎士は馬に跨《また》がって堂々と城の正門を出る。

俺はそこまで馬の扱いが達者ではないため、イサラの鞍《くら》の前に座っていたのだが……そんな俺の頭の上から金髪が垂れて来るのと同時に、彼女の心配そうな声も降ってきた。

「やっぱり、フシャ様が直接行かれる事はないですよぅ……」

「いい加減にしてくれよ、俺以外にマッキャノ族の言葉がわかる奴がいるか？　今回は敵の心を攻める策だ、喋《しゃべ》れなくっちゃ務まらないよ」

未だに俺を降ろそうとするイサラの腕をポンポンと叩く。

この陽動の要は、敵を砦に釘《くぎ》付《づ》けにする事だ。城から敵を煽《あお》るという事も考えたが、そうすると敵が城に取り付き、父の部隊は城へ帰れなくなる。だから俺は、最低限の時間を粘るための人員だけを伴い、余の者に希望を託し城へ残したのだ。

錬金術の素材は全て薬に変え、非戦闘員はキントマンに任せた。後は、俺がしっかりやるだけだ。

気合を込めて一息に腰の剣を抜こうとしたが、上手《うま》く抜けず……ジタバタともがくようにしながら、なんとか抜いた。露《あら》わになった剣身からは、暗くなり始めた荒野を照らすように薄緑色の光が放たれ、周りの騎士たちが少したじろぐ。やはりこれはいいな、見ただけでただものじゃないってのがわかって、これを見た敵兵は絶対にこちらを無視できないだろう。

「フシャ様、その剣は……」

「目立つ剣だろう？　陽動にはうってつけだ、なぁ。さぁイサラ！　拡声魔法を使え！」

「……わかりましたよぅ」

妖精が彼女の剣に纏《まと》わり付き、剣が燐光を放ち、振動し始めた。

「よし……ゆっくりと近づくぞ。まずは口上で時間を稼ぐ」

馬がゆっくりと砦に向けて歩き始めると、俺は鞍の上に立ち上がる。揺れる馬の上だが、速度が遅いのとイサラが腰を抱いてくれたのとで、転がり落ちるような事はなさそうだ。

首を回してボキボキと鳴らし、息を吸い込んで、大声で叫んだ。

『セシダンテ《聞け！》！　ウトゥギル《弱虫の》　マッキャノン《マッキャノども》！　ア《俺は》　フーシャンクラン《フーシャンクラン》！

ハステル《お前たちの》　マッキャノン《死だ!!》!!　ウトゥギル《弱虫どもに》　ギーン　ハスタ　フーシャンクラン《この俺と戦う勇気があるか》!?』

こうまで言えば、砦のマッキャノ族は俺を無視できず、こちらへ釘付けになるはずだ。そのはずなのだが……なんだか砦の連中の反応は、俺の思っていた物とは違っていた。

丘の上にある砦に張り巡らされた、二メートル程度の石壁。その上から顔を出した敵兵は、憤慨するでもなく、矢を射掛けるでもなく……ただこちらを見て、呆気《あっけ》に取られているようだった。

しばらくの間、こちらの馬の歩く足音だけが荒野に響き……砦の連中がどんどん集まって壁の上から顔を出す中、一人のマッキャノ族がようやく口を開いた。

「ヤ！《お前の》　ヴァグナ！《その剣は》　デェアソール!?《何だ》」

やはり、牢で三人の捕虜に見せた時と同じで、マッキャノ族にとってこの剣は無視ができない物のようだ。まぁ、尋ねられたならば答えてやろう。

『ヘサ　ヴァグナ！《この剣は！》　ジュダ　ヴァグナ！《伝説の剣！》　ヘサ《これは》　チヨノヴァグナ!!《紺碧剣だ》

ハステル　マッキャノン《お前たちを殺す》　ヴァグナ!!《剣だ》』

喉も嗄《か》れんばかりにそう叫ぶと、砦全体にどよめきが広まった。壁の上にはどんどん人が増え、身を乗り出しすぎてこちら側に転がり落ちた者までいた。

「ラオカン」

「ラオカン　トント　ラオカン！」

「グリジュタ！　ルブラ　チヨノ！」

マッキャノ族は俺の事を指差し、口々にそんな事を言う。ラオカンというのが何なのかがますます気にかかったが……今大切なのはそこじゃあない。

砦の向こうからは、父の部隊が近づいて来たのであろう土煙が見え始めている。俺たちの仕事は、とにかく砦の連中を釘付けにする事だ。そのためならば、敵の口から出た言葉にでもなんでも、乗っかってやればいい。

『ア！　ラオカン！《俺はラオカン！》　イロイル　チヨノヴァグナ！《紺碧剣を持っているぞ！》　ハステル　マッキャノン《お前たちを殺す》　ヴァグナ!!《剣をだ》』

高らかにそう叫ぶと、なんだか敵は腰が引けたようにたじろいだ。もしかして、紺碧剣《チヨノヴァグナ》を持ったラオカンというのは、何かの恐怖の象徴なのだろうか？

「ラオカン……」

「ミーディ《（ほんものの）》　ラオカン……」

口上を述べながらも馬はだんだん砦へと近づくが、なぜか矢の一本も飛んではこない。弓を構えている者もいるが、どうも彼らは俺が持つ紺碧剣《チヨノヴァグナ》に戸惑っているように見えた。

まぁ、俺だって別に死にたいわけじゃない。相手にやる気がないのなら、それはそれで結構だったのだが……そうもいかないようだった。

「ウドロ！《後ろだ！》　ユスタ　クラン！《軍が来ているぞ！》」

敵の一人が上げたその声に、こちらに釘付けになっていたマッキャノ族たちが一斉に振り返った。

やはり、口上だけで乗り切るのは無理か。

『砦に取り付け！』

鞍に腰を下ろした俺がそう言うと、騎士たちは砦のある丘へと疾走し始めた。

『イサラ、近づいたら俺を壁の向こうへ投げろ』

「駄目ですよぅ」

『いいからやれ！』

「騎士使いの荒い若様だよぅ」

そうぼやきながら、イサラは鞍の上に中腰で立ち上がる。そして俺を抱きかかえ、馬の上から跳躍して砦の壁を飛び越えた。

『っ……ア！《俺は》　ラオカン！《ラオカン！》　ツース　ベダマ！《将はどこだ！》　ギーン　ハスタ　ラオカン!?《この俺と戦う気概はあるか!?》』

敵地のど真ん中、俺はイサラの拡声の魔法を解かぬまま、決死の覚悟でそう声を張り上げて叫んだのだが……予想に反して、周りを取り囲む兵たちから、俺に向けて剣が振るわれる事はなかった。

なぜかマッキャノ族は皆、こちらに向かって片膝立ちになり、合わせた手を上げていたのだ。

わけがわからないが、今更ビビっているわけにはいかなかった。ここまできたら、死んでもやり切るしかないのだ。

『ツース　ベダマ！《将はどこだ！》』

俺が半ばヤケクソにそう叫ぶと、人垣を割って一人の男が俺の前へとやって来た。それは、他の者となんら変わる事のない装備をつけた、威風堂々とした隻眼の男だった。

「アステル　ラオカン。ア《俺は》　ルオラ《ルオラ》　ベダマ《将だ》　アル……」

彼に、その先の言葉はなかった。俺が渾身《こんしん》の力で振り抜いた紺碧剣《チヨノヴァグナ》に、その首を切り飛ばされていたからだ。赤から黒に染まり始めた地面に血がばたばたと飛び散り、落ちた首が転がると、その近くにいたマッキャノ族は恐れ慄《おのの》いて退いた。

血に塗《まみ》れて、暗く濁りながらも光を放ち続ける剣。燐光を放つ半透明のその剣身に、藍色に染まり始めた空を宿そうとするエメラルド・ソードは、なるほど不思議と紺碧《こんぺき》色に見えない事もなかった。俺はそれを天高く突き上げ、今日一番の大音声で叫んだ。

『ヘサ《これが》！　チヨノヴァグナ《紺碧剣だ》！！　ハステル《お前たちを殺す》！　マッキャノン！　ヴァグナ《剣だ》！！　マッキャノン《マッキャノ族は》！

トラーズ！　タヌカン《タヌカンから出ていけ》！！　ブル！　ハステル《このラオカンが》！　マッキャノン《皆殺しにするぞ》！！　ラオカン！』

正直なところ、何百人からいる相手にこんな脅しが通じるとは思っていなかった。

俺は父の部隊が城の近くに来るまで、一秒でも長くマッキャノ族を引き付けられれば、それで良かったのだ。

城の兵を温存し、詭弁《きべん》を弄し、敵を惑わし、怒りを買えるだけ買って、引き裂かれて、死ぬ。それで終わる運命のはずだった。そこにまさか、敵の将らしき男を道連れにできるなどとは思ってもみなかった。

きっと、これ以上を望めば罰が当たるだろう。だが、そう思いながら剣を構え、死を待つ俺の前に……なんと彼らは、手に持っていた武器を投げ出したのだった。

「ナラカン！《わかりました！》　ナラカン！《わかりました！》　オン ラオカン！《ラオカン様！》」

「ラオカン！　フーリ《どうか怒りを》　ギャゾンベ！《お静めください》」

「はぁ？」

「ルブアルク　コ ラオカン！《ラオカンの物だ》」

ルブアルク？

「グリジュタ ラオカン！　ルトス ルブラ チヨノ！　アサプト ルブアルク！」

「グリジュタ ラオカン！　ルトス ルブラ チヨノ！　アサプト ルブアルク！　エーカ！　エーカ！」

マッキャノ族のわからん単語とわからん態度に戸惑う中、背後から声がかかった。

「フシャ様！　ご無事ですか！」

「騎士八名！　ここに揃《そろ》いました！」

『よく来た！　イサラ！　もういいぞ！』

後ろからずっと俺の声を拡声してくれていたイサラが剣を引き、俺を庇《かば》うように前に立った。二名欠けた騎士も俺を守るように展開し、剣を構える。

「やれるだけやろう！　突き崩せ！」

「おおっ！」

「突撃ぃ!!」

と、俺たちは全員で一塊になって突っ込んだのだが……なぜか反撃してくる者はほとんどおらず、敵はどんどん後ろへと退《ひ》き始めた。

「ええい！　我らの武威に恐れをなしたか！」

「かかってこい！」

こちらが進めば進むほど相手は退き、だんだん反対側の壁を乗り越えて逃げ出す兵が出始め、ついに数百名のマッキャノ族は総崩れのような状態になって潰走を始めた。

「エーカ！　エーカ！」

「グリジュタ ラオカン！　ルトス ルブラ チヨノ！　アサプト ルブアルク！」

「エーカ！」

たったの十人しかいないこちらに、取るものも取らず全力で逃げ出すマッキャノ族に、俺たちはいっそ唖然としていた。周囲から敵はどんどんいなくなっていき、ついには砦はもぬけの殻に。反対側の壁に行き、騎士に上にあげてもらって敵の行き先を確認すると、どうやら彼らは砦のすぐ近くまで来ていた父の部隊には見向きもせず、そのまま北へと走り去っていくようだ。

「逃げちゃったよ……」

「罠《わな》？」

「罠で砦明け渡すか？」

「もしかして、フシャ様が倒したのが総大将だったんじゃないか？」

「わからんなぁ……」

まあ、釈然とはしないが、ひとまず危機は去ったのだ。

死ぬはずだったのに、まだ生きている。敵もなぜか去っていった。とりあえず、これは勝利と言っていいんじゃないだろうか。

「勝鬨《かちどき》を上げろ」

「え？」

「勝ったんだよ、俺たちは！」

「あ、そうか、そうですよね！　じゃあ……せーので……」

そう言うと、騎士たちは顔を見合わせて、呼吸を合わせてから剣を天に突き上げた。

「うおおおおおおっ!!」

「勝ったぞおおおお!!」

「マキアノ族不甲斐なあああああし!!」

「フーシャンクラン様が敵将を討ち取り！　マキアノを下した!!」

「タヌカンの勝利だぁあああああああああ!!」

「フーシャンクラン様万歳!! タヌカン万歳!!」

「勝った！ 勝った！ 勝った！ 勝った！」

そんな、なんだかとっちらかった勝鬨に耳を傾けながら、俺は壁の上で光る剣を誘導棒のように振って父の部隊の到着を待った。

「フシャ様、そんなところにいると落ちちゃいますよぅ」

下から心配性のイサラの声がしたが、俺は力なく首を振った。安心した途端に急にどっと疲れが来て、足に力が入らなくなったのだ。ふわっとあくびが出たかと思うと、猛烈な眠気が襲ってきて剣を取り落としそうになった。

「下りて下さいよぅ」

半ば意識が朦朧《もうろう》とした俺のわきにイサラの手が添えられ、壁の上から下ろされた。いかんなぁ、十歳の身体はやはり無理が利かない……そんな事を思いながら眠気と戦う俺の下に父がやって来たのは、それからすぐの事だった。

「一体何が起きた？ マキアノ族はどこへ行ったのだ」

父がそう聞くと、陽動作戦に加わっていた騎士が隻眼の男の首を掲げ、高らかに答えた。

「申し上げます！ フーシャンクラン様が敵将を討ち取り！ マキアノ族は恐れをなして逃げ出しました！」

「フーシャンクランが……？ その剣は？」

「コダラに打ってもらったんだよ。マッキャノ族の宝剣にこういうのがあるらしくてさ……陽動にいいかと思ったんだけど、効果覿面《こうかてきめん》だったみたい」

「そうか……よくやってくれたフーシャンクラン。お前はタヌカンの誇りだ」

父は俺を抱え上げ、胸の前に抱いた。

「皆！　聞いてくれ！　フーシャンクランのお陰で我々は命を繋《つな》ぎ、敵兵までをも退けた！　だが、まだ砦は残っている！　敵が戻ってくる事のないよう、夜を徹してこの砦を破壊し……」

そんな父の声が響く中、俺の意識はだんだんと遠のき……聞いていると安心する低い声を子守唄代わりにして、夢の中へと溶けていったのだった。

再臨の日、来たれり。
開国の国父。
討魔の英雄。
解放の旗頭。
ラオカン、悪魔《ルブアルク》の地に来たれり。

ラオカン、忘恩のマッキャノを忘れ、フー・シアン《秘術》・クラン《軍》と名乗りけり。
再び黒き髪《グリジユタ》にて生まれしラオカン、服《まつろ》わぬ者どもの城より来たれり。
再び狼《おおかみ》の剣を抱き、再び金《ルブラ》狼《チヨノ》を従え来たれり。
彼《か》の地に現れし宝也《なり》。
大地を統《す》べし大首領也。
ラオカン、大音声にて名乗り、千年将軍ルオラを成敗せむ。
兵どもラオカンの怒りに触れ、直ちに逃げ《エーカ》よと叫びて悪魔《ルブアルク》の地を去らん。
のち、蒼《あお》き光に照らされ浄化されむと、王に説く也。

北極伝説異聞 第四集

マッキャノ族が去った後、荒野は勝利の熱狂に沸いた。

城の面前に作られていた砦《とりで》は壊され、港へ避難していた人たちは城や町へと戻り、城で行われた炊き出しに笑顔で並んだ。海に配備されていた敵の軍船も引き上げられたようで、フォルク王国のネィアカシ商会からは物資を積んだ船がすぐにやって来て、タヌカン領はなんとかこの冬を越す算段がつけられたのだった。

そんな中を、荒野の方からやって来た男がいた。杖《つえ》をつき、ぼろぼろになった服で大きな背嚢《はいのう》を背負った髭面《ひげづら》の男。それは戦争中ついに一度も姿を見せなかった、シスカータ商会の狸人《りじん》族の商人だった。

いったいどれだけの時間をかけてやってきたのだろうか、垢《あか》にまみれたむさい風体で城の前へ跪《ひざまず》く。そして周囲を騎士に囲まれる中、懐の短剣を抜き、彼は涙ながらにこう言った。

「一番物資の必要な戦中、本店の命故《ゆえ》船を出せず、面目次第もなく抜けてまいりました。この上はこのメドゥバルめが死を以《もっ》て詫《わ》びる所存」

「まぁ待て待て、一旦落ち着いて話を聞こう」

今にも自分の首を刺しそうな狸《たぬき》商人を押し止《とど》め、俺はなんとか彼を城の応接間へと連れ込んだ。

なんだか危ない様子だったが、城へ入るならとイサラが短剣を取り上げたので、ひとまずは安心だ。

そうして対面型のソファに座った俺と彼だが……俺の後ろにはお付きであるイサラと、港から戻ってからはほとんど俺の側《そば》を離れなくなったキントマンが立っているので、なんだか圧迫面接のような形になってしまった。

なので俺は努めて笑顔を崩さないようにして……沈鬱な表情のメドゥバルに、別に怒っているわけではないのだと話しかけた。

「なぁメドゥバル、この通り俺たちはちゃんと戦に勝って生き残ったんだよ。軍船が何隻も出てて船を出すのが難しかったのは理解してるさ。それに船を出す出さないは上の決めた事なんだろう？　あんたが死ぬような事じゃあない」

「いえ、勝敗は兵家の常ですが……商家には商家の義理と覚悟があります。特に私など、一度はフーシャンクラン様の御用商人にと願った身なれば……」

気にするなと言ったつもりが、なんだかメドゥバルはますます覚悟を決めた表情になってしまった。どうもこのまま城を追い出したとしても、どこかで死んでしまいそうな雰囲気だ。彼は荒野を一人で歩いて渡ってくるぐらい義理堅い人間なのだ、なんとなくこのまま死なせるには惜しかった。

「そうだメドゥバル、そこまで思ってくれるのなら……働きで返してくれればいい。ちょうどうちの城も、この戦でだいぶ懐が寂しくなってきたところなんだ。俺が作る物をさ、然《しか》るべき所に売り込んでくれる人間が欲しかったんだよ」

俺がそう言うと、メドゥバルは驚いたような顔で口をパクパクと動かしながら、俺の顔を見た。

「しかし……それは……本当によろしいのでしょうか……？」

「さすがに、俺の一存でタヌカン領に仕えてもらうというわけにはいかないから。俺個人の雇われ商人になっちゃうんだけど、それでもいいなら」

ネィアカシ商会との兼ね合いもあるが、三男の子飼いぐらいなら別に問題はあるまい。すでにキントマンやその仲間たちを養っているのだ、一人ぐらい増えても大丈夫だろう。

「いえ……かたじけない……本当に、ありがたい事です……このメドゥバル、粉骨砕身の思いでお仕え致しまする……」

うまく声が出ないのか、彼はつぶやくようにそう言って、やがて人目も憚《はばか》らずに涙を流した。

まぁ、貴族や傭兵《ようへい》に面子《メンツ》があるのと同様に、商人にもそりゃあ面子があるのだろう。自分の決めた商談を上が破談にするなんて事、前世でもよく聞く話だったと思うが……やはり命が安く殺伐としたこの世界、契約と評判で飯を食う者にとって、不義理の重みというのは前世とは桁が違うのだろう。

幸い来年は芋でアルコールを作ろうと思っていたから、売りたい物はあるのだ。彼にはしばらく酒や化粧品なんかの商いでぼちぼち儲《もう》けてもらうとしよう。

「ああそうだ。そういえば、お前が来たら聞こうと思ってた事があったんだ」

「……おお、何でしょうか？」

「マッキャノ族の言葉はわかるか？」

「多少は話せますが」

「此度《こたび》の戦の理由が知りたい、捕虜との通訳を頼めるか？」

メドゥバルは「承りましょう！」と勇んで立ったが、俺はそれを止めて一度身なりを整えさせた。

さすがに、冬とはいえちょっと……いやかなり臭かったからだ。

「フシャサマ コンチワ」

「おお、マッキャノの方がタドラの共用語を」

檻《おり》の向こうからフォルクの言葉でこちらに挨拶する男に、メドゥバルは驚いたようだ。虜囚たちもう国へ帰ってもらってもいいと思っていたんだが、その前にこうして真意を確かめられる機会がやってきたのは僥倖《ぎょうこう》だった。

「お互いに言葉を教えあったんだよ。俺もあっちの言う事を少しはわかるようになった」

「おお、それは素晴らしい。関係は全て対話から始まりますからな……」

「それで、早速なんだが……彼らに今回攻めてきた事情を聞いてくれないか。そっちの婆《ばあ》さんが知恵者だ。オン ロゴス《ロゴス婆さん》　ウーラ ヘサ　ポリケン《この商人と話してくれ》」

俺がそう言うと、奥から出てきたロゴス婆さんが訝《いぶか》しそうな顔でメドゥバルを見つめた。

「では、少し話してみましょう……」

そんなメドゥバルの気楽な言葉から始まった対話は、結局その夜遅くまで延々と続いたのだった。

そしてその翌日、急遽《きゅうきょ》父によって城の大部屋に集められた主要人物たちの中で、メドゥバルの纏《まと》めた戦争の目的が話される事になった。

「まず私のような新参者が、このような場で物を述べる事を快く思われない方もいらっしゃるかと存じますが、危急の事態にてどうかご寛恕《かんじょ》のほどを……」

「よいメドゥバル、私が許可した」

「はっ」

危急、そう、危急だ。俺も昨日隣でなんとなく聞いていて驚いたものだ。我々が五百人のマッキャノを撃退した今も、依然として危機は去っていなかったのだ。

「まず、マッキャノ族の目的ですが、これは宝探しです。彼らに伝わる古き伝承に『悪魔の地に大いなる宝宿らん』という物がありますが、先日の軍はこれを求めてこの辺りへとやって来たようです」

「彼奴《あやつ》らはなぜ突然宝探しにやって来た？」

「それは……」

父にそう問われたメドゥバルが、言い淀《よど》みながらこちらを見る。事前に全部隠し立てなく話せとは言っておいたのだが、やはり気が咎《とが》めたらしい。

「問題ない、全部話せ」

「かしこまりました……マッキャノ族はフーシャンクラン様の畑に作物が実り、タヌカンよりポーションが流通するようになった事を知り、タヌカン辺境伯家がこの宝を手にしたと考えたようです」

「なるほど」

つまり、やはり彼らの軍を呼び込んでしまったのは俺だったのだ。

「だが、我々は彼奴らを追い払った。もう戻って来る事はなかろう」

「恐れながら辺境伯様、五百人の軍は彼らの先遣隊に過ぎませぬ……」

俺はメドゥバルの肩を叩《たた》き、彼と場所を交代した。ここから先は俺の責任において、俺が話した方がいいだろう。

「皆聞いてくれ。マッキャノは恐らくもう一度来る。今度の兵は千人、いや……二千人を超えるかもしれない。なぜならば、俺が彼らにこの剣を見せてしまったからだ。彼らを本気にさせてしまったからだ」

そう言いながら、俺は腰からエメラルド・ソードを引き抜いた。部屋中の者たちの視線が、薄緑色の光を放つその大業物に釘付《くぎづ》けになったのを感じる。

「フーシャンクラン様の持つこの剣は……マッキャノ族の祖、ラオカン大王の持っていたという剣の記述と似ています。相手としても捨て置けぬかと……」

「そうだ、こいつは宝だ。俺は馬鹿だから、なかったはずの宝を作って、あいつらに見せつけてしまったんだ……だから次に奴《やつ》らが来たら、俺は責任を取って奴らの所へ行き、俺だけの命《いのち》で軍を引かせてみせる！」

俺がそう言うと、部屋中から絶叫じみた否定の声が飛んだ。

「馬鹿な！」

「ありえん!!」

「もう一度奴らを蹴散らせばよい！」

「小僧がそのような心配をせんでもええ！　わしの策はまだまだある！」

「フーシャンクラン様を引き渡すぐらいならば！　我々は今度こそ、城を枕に討ち死にして果てましょうぞ！」

「そうだ！　マキアノ族何するものぞ！」

「フシャ様！　どうかご再考を！」

だが、俺はそれに頷《うなず》かなかった。元々あの砦で死んでいたはずの命なのだ、俺にとってこの仕事は、あの続きに過ぎなかった。

「幸い、俺は少しマッキャノ語がわかる。もしそうなれば、上手《うま》くこれまでの事は全て俺とこの剣のためだと説明するさ。これは父も納得済みの事だ」

「デントラ様!?」

「なぜじゃあ！　他にいくらでも死んでいいやつはいるはずじゃ！」

悪いが、責任を取るのも貴族の仕事なんでね。死んでもいい奴はいくらでもいるが、その死に意味を持たせられる人間は一握りなのだ。そんな事を考える俺に、椅子から立ち上がった父は皆へ聞こえるように尋ねた。

「フーシャンクラン、最後にもう一度だけ聞くが……本当に良いのか？　その剣だけ置いて王都のリーベンスの下へ逃れても、誰にも文句は言わせんぞ」

俺はマッキャノの将軍をぶった切ったエメラルド・ソードを見つめ、不敵に笑って左手の拳で胸を叩いた。なにも俺だって、進んで死にたいわけじゃあない。だが、俺はもう護《まも》られるべき無垢《むく》な子供ではなく、立派な戦争の当事者で……この背中には、すでに何十人もの人間の命が乗っていた。

「父さん、俺はもう男だ。やるべき事をやる、それだけだよ」

「そうか……」

父は少し迷ってから、俺をその胸に抱きすくめ、がしがしと頭を撫《な》でた。

果たして、冬が終わる前に再びマッキャノ族はやって来た。それも軍楽を吹き鳴らす大音楽団を引き連れ、二万人を超える軍を率いての大遠征だった。

◆

地を揺らすような太鼓とラッパの音が荒野の遠くから響く中、俺はメイドのリザに髪を梳《と》かされ、曲がった襟を整えられていた。

「リザにも世話になった、これからも達者でな」

「ご武運を。いつでもお茶を入れられるよう、薬缶《やかん》は忘れずに持っていきます」

「あっちにも薬缶ぐらいはあるだろう。いい加減に自分でも茶の入れ方を覚えて、のんびりと待つよ」

「錬金術師のフシャ様の入れたお茶、どのような味か楽しみでございます。その時はぜひ私にも飲ませてくださいまし」

「味は保証しないよ。それとリザ、これをあげる……」

俺は紐《ひも》で首に下げていた宝箱の鍵を取って、彼女に握らせた。他の女子供は皆今朝すぐ港へ発《た》って船でこの地から逃れたのだが、彼女だけは出陣前の俺の世話をすると言って残ってくれたのだ。その献身にこれぐらいで報いられるとは思わないが、他に渡せる物もなかった。

「研究室に置いてある俺の箱の鍵だ、もう中身も少ないけど欲しい物があれば持っていって」

「忝《かたじけ》のうございます」

生まれた時から俺の世話をしてくれていたというリザに、最後の最後まで世話になってしまったな。彼女に一番綺麗《きれい》なコートを着せられ、城門前まで向かうと……そこには俺の出陣を見送ってくれる人たちが待っていた。

「フシャ様！　やはりお考え直しを！」

「今からでもお逃げくださいませ！」

「くどい。決めた事だ」

騎士たちは未《いま》だに俺を逃がそうとしてくれるが、大地を埋め尽くすほどの敵がやって来た以上、俺が逃げれば船で発った女子供までもが追われる可能性がある。この上は、死中に活を求めるしかなかった。

「フーシャンクラン、武運を祈る……」

「ありがとう、父さん。後はお任せします」

父と最後の抱擁を交わし、イサラに介助されて城で一番大きな馬の鞍《くら》へと跨《また》がる。その轡《くつわ》を、キントマンの手が取った。

「フシャ様よう、今度は置いてけぼりはなしだぜ」

「約束があったしなぁ……じゃあキントマン、悪いが一緒に死んでくれるか」

「フ……ハハハハハッ！　ハーッハッハッハハッハッハ!!」

俺がそう言うと、彼は笑った。これから死にに行くというのになぜだろうか。キントマンは滂沱《ぼうだ》の涙を流しながら、天を仰いで高笑いに笑ったのだった。

「変わった奴だな」

「なんとだって言うがいいさ！　俺だけは、あんたの側から最後まで離れねぇからな！」

どこを見込まれたのかはわからないが、彼のその言葉は今の俺にとって素直に嬉《うれ》しかった。巻き込んで悪いとは思うが、一人で死ぬのは淋《さび》しいからな。

俺は胸にこみ上げるものをなんとか抑え付けながら、鞍の上から一番世話になった騎士へと向き直った。

「イサラ、お前には本当に世話になったな。達者でいろよ」

「何を仰《おつしや》るんですか、私も行きますよぅ」

イサラはなんだか憤慨したようにそう言ったが、俺は首を横に振った。

「そりゃあ駄目だな、父の騎士を俺の尻拭いに突き合わせられんよ。お前は残れ」

こんな自殺行為、本当は俺一人でやればいいのだ。本当は誰にも付き合わせるような事ではない。ましてや、父の忠臣である腕っこきの騎士ならばなおさらだ。

だがイサラはふらふらと数歩後ずさったかと思うと、腰から剣を外し、父の前に跪いてそれを掲げた。

「デントラ様！　誠に身勝手なお願いではございますが！　このイサラ、暇を頂きとうございます！」

周りの騎士が固唾を呑《の》んでそんなイサラを見守る中、父はそう言った彼女の剣を受け取り、大きな手でその肩を叩いた。

「そうか、イサラ……道を見つけたか。よかろう、行くがいい」

「忝のうございます！　このイサラ、フーシャンクラン様の列に連なりまする！　然らば、おさらばにございます！」

イサラはそう言って立ち上がり、これでいいんだろうと言わんばかりの顔で、キントマンの反対側へとやってきた。

「なんでだよ」

「フシャ様は危なっかしくて放っておけませんよぉ」

危ないどころじゃあないと思うんだが……なんて事を考えているうちに、いつの間にかキントマンの後ろにも、彼の部下たちの列ができていた。

「お前たち、ついて来ても得する事なんか何もないんだぞ」

「何を仰るやら、我々はゴドル傭兵団の生き残りですぜ」

「そうそう、俺たちはキントマンの行くところについていくだけ。文句はお頭に」

なんだか、あっという間にお供が増えたな……そしてその中には、先日召し抱えた商人のメドゥバルもいた。

「私も直臣でございますから、置いていかれる謂《いわ》れはございません」

彼は顎髭を擦《さす》りながら、ぬけぬけとそう言い放った。まあ、通訳がいてくれるのは心強いか……。

ぐずぐずしていて、これ以上付いて来る人間が増えたらたまらない、俺は深く考えるのをやめてさっさと馬を出す。そしてなんとなく横を歩くイサラを見ると、彼女は親父《おやじ》に剣を返したままで丸腰のままだった。

「おいイサラ、剣がないぞ」

「別にいいですよぅ、あんなに相手がいたんじゃあ、いくら振るったところで焼け石に水ですから」

「騎士が丸腰じゃあ格好がつかんだろう」

俺は腰からエメラルド・ソードを鞘《さや》ごと外して、彼女の前に突き出した。これも敵の目標物の一つかもしれないが、別に必ず俺が持っていなければならないという事もない。

「いいんですか？」

「マッキャノ族が欲しがったらくれてやれ、そうじゃなかったらそのままお前にやる。俺にはまだ剣は早いよ」

普通の剣と比べれば破格の軽さと言えるだろうが、それでも俺には少し重かったのだ。俺が軽くなった腰を回している間に、イサラは吊《つ》った剣を試しとばかりに抜き放つ。エメラルド・ソードは、今日もぴかぴかと薄緑色の光を放っていた。

きっと俺がいなくなっても、この剣は明日も明後日《あさって》もそのさきも光り続けるのだろう。この荒野だってそうだ、明日も明後日もその先も、きっと風は土埃《つちぼこり》を巻き上げ続けるのだろう。俺が死んでも、タヌカンが滅びても、きっとそれは変わらないのだろう。

そう考えれば、きっと俺が今日死ぬ事なんか、ちょっとした些事《さじ》に違いない。

「さぁて、今度は迷わねぇぞ。地獄で閻魔《えんま》と笑ってやる」

そうつぶやいた俺を、イサラは不思議そうに見つめたのだった。

そしてそんな俺たちを迎えてくれたのは……殴打でも、罵倒でも、死でもなく、マッキャノ語の挨拶ラッシュだった。

「ルブアルク《悪魔の地の》　フー《フー》！　ヘパリン ドンゲ《ごきげんよう》！」

「ルブアルク　フー！《マッキャノ族の皆さん》　ヘパリン ドンゲ《ごきげんよう》！」

「ブ……ブル　マッキャノン　ヘパリン ドンゲ」

「ルブアルク　フー！　ヘパリン ドンゲ！」

「ルブアルク　フー！　ヘパリン ドンゲ！」

なぜルブアルク フーと呼ばれているのかはイマイチわからないが、とにかく問答無用で殺されなかった事は幸いだった。俺は政治家にでもなったような気分で、マッキャノ族へ目を合わせて挨拶を返していく。そして挨拶が止《や》んだ頃に始まったのは、なぜか俺へ対してのマッキャノ族からの丁重な謝罪だった。

「……ラオカン大王の生まれ変わり、荒れ地のフー様に不届きにも剣を向けた者の首をお持ちしました……と言っています」

困惑した様子のメドゥバルがそう訳す中、大軍を引き連れてやって来た将軍は、俺の前で片膝立ちになっていた。その周りには首を詰めているのであろう、塩で満たされた壺《つぼ》がいくつも並べられている。

何がどうなってこうなったのだろうか？　二コマ目に落ちが来る漫画を読んだような気持ちになる俺の肩を、誰かが揉《も》んだ。

「うおっ！」

「小童《こわっぱ》は怖い事をしたからのぉ。まさか紺碧剣《チヨノヴアグナ》でマッキャノ族に斬りかかるとはのぉ。そりゃあ、奴らも震え上がって当然よ。黒髪で……金髪の狼《むすめ》を連れて……マッキャノ語まで操るとは……おお、まさにヒラオカンの小僧の再臨よ、怖《こわ》や怖や……」

俺の背後から耳元でそう言って笑ったのは、にやけ面をした耳長先生《イスローテップ》だった。突然現れたのにも驚いたが、まるでラオカンの事を知っているような口ぶりにも驚いた、この人はそんなに長生きなんだろうか……？

しかしヒラオカンという呼び方は、まるで前世でよくあった名字のような響きだが……まさかな。

「ヤ！　イスロテップ　エールクアルク！」

そんな彼女を指差して、マッキャノの将軍が叫んだ。

「その女は悪魔の耳長《エルフ》、イスロテップであると……」

「知ってるよ。そうか、うちの先生はマッキャノ族にも知られた性悪だったのか……」

「悪いものかよ。のぉ、妾《わらわ》がいなければお前の父は死んでおったのではないか？」

囁《ささや》くようにそう言いながら、こちらを覗《のぞ》き込む彼女のにやけ面を、イサラが鷲摑《わしづか》みにしようとした……しかしその瞬間、まるで煙のように耳長《エルフ》先生はかき消え、最初からそこにいたかのように、マッキャノ族の人垣の中から再び姿を現した。

「今代の金狼《きんろう》は余裕がないのぉ。いかんなぁいかんなぁ、余裕のない女は魅力もないぞ」

「うるせえんだよぅ……」

「先生。先生はこういう展開を予想して、俺にマッキャノ語を学ばせたんですか？」

俺がそう聞くと、彼女はその疑問をフンと鼻で笑い、冷えて痛くでもなったのだろうか、自分の掌《てのひら》を長い耳の先っぽへと当てた。

「それはそもそも小童、お前が求めた事だろう？　マキアノ族を理解したいとな。しかし、妾とてまさかお前が紺碧剣《チヨノヴアグナ》を作るとは思わなんだ。錬金術の力に関しては、既に妾を超えておるやもしれん」

「そんな事はないんじゃないか？」

「まぁ、妾も錬金術師を名乗っておるわけではないしなぁ。ともかく……これでお前はもうこの小さい荒野には収まらん存在になった。世の中を見て回る時が来たというわけだよ」

先生はそんな事を言って、また人垣の中へふいと消えた。

「世の中を見て回る？」

俺がそう言うと、マッキャノの将軍がまた何かをつらつらと述べた。

「荒れ地のフー様には、是非とも首都のツトムポリタまで赴き、皇帝に謁見しては頂けないかと、述べております」

「首都ねぇ、そうすればこの軍は引くか？」

メドゥバルに訳させると、将軍は手と首を大げさに振って返答した。

「そもそもこの軍勢は『お出迎え』のためのものだと言っております」

「お出迎えでこの数ね、そもそも勝負にもなってなかったわけだ……行くと伝えろ」

俺が行けば軍が引くというのならば、どこへでも行こうじゃないか。

そもそもこの規模の軍を送り込まれれば、タヌカンどころか大本のフォルク王国だって危ういのだ。そう思えば、皇帝に会って誼《よしみ》を通じるという事は、俺にとっても願ってもない事かもしれなかった。こうして、終わってみれば短かった冬戦争は、勝負に勝って試合に負けたような形に纏まり……俺は故郷を遠く離れ、マッキャノの地へと向かう事になったのだった。

旅の終わり

誇らしき騎士の家に生まれ、勇猛果敢な騎士として育ち、騎士として栄誉に包まれて死ぬ。そのはずだった。そういう人生のはずだった。イサラマール・ウィンストンの人生は、最初からそう決められていたはずだった。

「父さんのような、立派な騎士になりなさい」

祖父や祖母にはそう言われ、女騎士として、将来貴婦人たちの側《そば》に仕えるための礼儀作法を教わった。

「兄たちのような、立派な騎士になりなさい」

父にはそう言われ、剣一本であらゆる状況に対応する武技を教わった。

「あなたの赤髪は癖っ毛だけど、とても綺麗《きれい》よ。どんなに忙しくても、髪だけは毎日きちんと手入れをなさい」

唯一母だけはそう言って、騎士の道には直接関係のない髪や肌の手入れを教えてくれた。

わがウィンストン家は名門である。いつか自分は王族の貴人に仕え、誉れの中で死ぬのだと、私はそう疑っていなかった。実際に私は、わずか十二歳にしてフォルクの姫君の一人であるオルトマール様の側仕えに選ばれた。マールという名前が同じだという事で、光栄にも同い年の姫君様からの抜擢《ばってき》を受けたのだ。

「イサラマール、あなたの赤髪ってとても美しいわ。編んであげましょうね」

「姫様、忝《かたじけ》のうございます」

お姫様の行く場所といえば自室、宮廷の庭、保養地とそんなところだったが、私は油断なくやり抜いた。

「姫様、そこへ段差がありますぞ」

「イサラマール、私にだって目はついているのよ」

過保護であると苦笑される事もあったが、大切な姫様にかすり傷の一つだってつけるわけにはいかないのだ。

近づく見知らぬ大人があれば誰何《すいか》し、犬が出れば近寄らせず、時に人形の代わりとなって髪を弄《いじ》られ、姫様の無聊《ぶりょう》を慰めた。武技を振るう機会こそなかったが、そこに何の不満もなかった。武勇を誇る事だけが騎士ではないと、私はよく知っていたからだ。

だがそんな平穏な暮らしは、たったの二年ほどしか続かなかった。

王都から少し離れた森近くの別荘へ逗留《とうりゅう》していた時の事だ、ある朝突然、姫様が行方不明となった。姫様の部屋の窓だけが開いていて、何者かに攫《さら》われたかのように見えたが……部屋の絨毯《じゅうたん》の長い毛には、子供が指で描いたような落書きが残されていた。

「ここいらの森には妖精が出るんだ……もしかしたら姫様は……」

庭師の男がそう語るのを聞いて、私はすぐに森へと駆け出した。

他の者も共に森に入ったが、奥へ行くうちに一人はぐれ、二人はぐれ……姫様と共に過ごした森の中の湖の辺りに至る頃には、他の者がいなくなったのか、私もはぐれてしまったのか、一人きりになってしまっていた。

「姫様……」

心細さに思わずそう呟《つぶや》くと、何者かがクスクスと笑う声が聞こえた。

「何奴《なにやつ》！」

見ると、木陰から一匹の妖精がこちらを覗《のぞ》き込んでいた。

「そこの妖精、私と同じぐらいの子供を見てはいないか？」

そう尋ねると、妖精はクスクスと笑いながら、小さな手を手招きでもするかのように振って、ふわふわと飛び始めた。少し躊躇《ちゅうちょ》はしたが、結局私はその後ろをついて歩いた。

「森の奥には人が入れば二度と出られぬ妖精の国があると聞くが……」

恐怖心もあったが、その先に姫様がいるかもしれないのならば是非もない。私は騎士なのだ。主なくして騎士は騎士足り得ない。剣の柄《つか》を握って、心を奮い立たせながら歩んだ。

何度も同じような場所を通り、方向感覚がまるでなくなってしまった頃、急に光の溢《あふ》れる場所へと出る。そこは鬱蒼《うっそう》とした森の中にあるとはとても思えない、一面に花の咲き誇る草原だった。

「あっ！　イサラマール！」

「姫様！　ご無事で！」

そうしてそこに、姫様は一人ぽつりと座り込んでいたのだった。

「あのね、イサラマール、どうしてもここに戻ってきちゃうの……どこを歩いても、全然屋敷に戻れないの」

そう言って泣く姫様の背中を、私はゆっくりと擦《さす》った。

「姫様、大丈夫でございます。このイサラマールが来たからにはご安心くださいませ」

「うん……うん……」

「ささ、背中へおぶさりくださいませ、すぐに逃げましょう」

「ありがとう……」

靴を履いていない姫様をおぶり、私は来た道を戻る。しかし、どの道を行っても、足は必ず花園へと向かう。地面に線を引きながら歩いても、木に目印を付けても、必ず花園へと出てしまうのだ。

「やっぱり駄目なのね……私、ここで死ぬんだわ」

「姫様、大丈夫にございます。このイサラマールが必ずお助けします」

「お腹《なか》も空《す》いたし、喉も渇いた……せめて最期にお母様に会いたい！」

わんわんと泣き出してしまった姫様の背中を撫《な》でるが、彼女はどうにも泣き止《や》まず弱ってしまった。そして、そんな我々の姿を見てクスクスと笑う者がいた。それは、私をこの花園まで案内をしてきてくれた妖精だった。

「そこな妖精！　我々を外へ出しては貰《もら》えぬか！　我々は食いでもないぞ、戻れたら丸々と太った牛を一頭必ず供えよう」

そう言うが、妖精は楽しそうに笑うばかりだ。

「では、何が欲しい！　このイサラマール、姫様以外の物はこの命すら惜しくはないぞ！」

その言葉を聞いた妖精は、私の耳元に飛んできて、何かをきぃきぃと囁《ささや》いた。そして、私の赤髪に摑《つか》まり、その中へと潜り込んだ。いつの間にか泣き止んでいた姫様はその姿を見て、ぽつりと零《こぼ》した。

「その妖精、もしかしてイサラマールの髪の中に住ませてほしいんじゃないかしら？」

「そのような事でしたらいいのですが……妖精よ、私をどうしてもいいから、外へ出してはくれないか？」

私がそう言うと、妖精は顔の横にやって来て頰をぺちぺちと叩《たた》き、森の方を指差した。あちらへ行けと言うのだろうか？

「姫様、おぶさりくださいませ」

「ありがとう、私の騎士よ」

再び姫様を背中におぶり、私は森の中を歩き始めた。そこはさっきとまるで変わらない道のように思えたが、不思議と花園へは戻らない。

「イサラ……あなた……」

「姫様、もう少しでございます。ご心配はめされぬよう」

「髪が……イサラ……」

「妖精が何か悪さでもしておりますか」

姫様が何かを言っているが、あまり真剣に聞いている余裕はなかった。妖精の気が変わる前に、森を抜けてしまわなければいけなかったからだ。

そうして、さほど歩いたとも思わないうちに、眼前に湖が現れた。我々は妖精の国を抜けたのだ。

「姫様、戻ってきました！　見えますか？　あれは我々の知っている湖ですよ！」

「イサラ、髪の毛が……金色になっちゃった」

「えっ！」

慌てて姫様の方を振り返るが、彼女の髪は変わらず栗《くり》色のままだ。安心して息を吐くと、その息に、首元の金色の髪が揺れた。

「あっ……金色になったのは、私の髪でしたか……」

母や姫様の褒めてくれた赤髪は、金色に変色してしまっていた。私としてはそこまでこだわりはなかったのだが……この事が原因で、私は姫様の騎士を罷免される事になるのだった。

「混ざったな、イサラマール」

表向きには、姫様が攫われるのを見過ごした失態による罷免。そうして職を失って戻ったウィンストン家にて、父は私の金髪を見てそう言った。

「混ざったとは？」

「妖精に取り憑《つ》かれたという事だ。今のお前は妖精であり、妖精は今のお前である。妖精など、虫けらの如《ごと》き命よ。長くとも十年は生きられまい」

「ですが父上」

「父とは呼ぶな。もうお前は騎士の家に生まれたイサラマールではない。今はもう、騎士の家には置いてはおけぬ……お前は人としても妖精としても濁った女、ただのイサラよ」

私が父と呼べなくなったらしい男は、私に金貨を数枚握らせた。

「独り言だ、聞くなよ」

「………」

「騎士の家に生まれた男として、姫を守って死んだイサラマールが誇らしい。だが、父として、娘と共に生きられなくなった事が悲しい……」

涙を流し、私の手を握ったまま地面に跪《ひざまず》くようにして、父はそう言った。

「騎士イサラマールの魂は、父祖代々の墓に眠っている。イサラは……イサラの道を見つけよ。レオーラ」

「……レオーラ」

父にそう返し、濁ったイサラは生家を後にした。

二度とは戻れぬ道を歩いていく中、二階の窓からは……赤毛の母がずっと手を振っていた。何度振り返っても、ずっとずっと手を振っていた。

騎士の家は放逐されたが、騎士として生きる事はやめられなかった。

私は騎士として生まれ、これまでずっと騎士として生きてきた。いや、それ以外の生き方を知らなかったと言ってもいい。結局、他の生き方を知らなかったのだ。

幸か不幸か、今のこの身には……婦女子の護衛役の女騎士以外の道を選べる力が備わっていた。すなわち男の騎士と同じ、戦に出て戦功を上げる騎士としての正道を行けるだけの力がだ。

妖精と混ざったらしいこの私の身体《からだ》は、以前とは比べ物にならないほど力が強くなり、動きは更に敏捷《びんしょう》に、剣筋はぞっとするほど鋭くなり……果ては習ってもいない、魔法の力を使いこなす事すら、できるようになっていたのだ。

十四の女子《おなご》が一人で行く旅だ、きっとその力がなければ、途中で野垂れ死んでいた事だろう。山道では野犬や魔物に襲われる事もあった。そしてもちろん……自分と同じ人間から襲われる事もだ。

そんな旅を経て実家から王都へと戻ってからは……様々な家に仕官の申し出をし、その度にべもなく断られた。女の騎士の需要がないというわけでない、王家から暇を出されたという噂《うわさ》が、由緒ある騎士の家を放逐されたという事実が、私の仕官を阻んでいた。

腕だけでは、忠義だけでは、騎士は騎士足り得ぬのか？　そう自問したところで、状況は何も変わらない。とにかく存在感を示そうと考え、剣術大会などにも出たのだが……それも逆効果に終わったようだった。

「我が名はイサラ！　古今無双の騎士である！」

もはやそこらの騎士では相手にならぬ力を持った私は、見事に優勝を飾った。しかし、名乗りを上げた私に返されたのは、称賛の言葉でも勝者を称《たた》える拍手でもなく、冷たく厳しい言葉だけ。

「あれが噂の、妖精との混ざりものとか……」

「ウィンストン家は正式に王城へ届けを出したそうで……」

「あれは騎士ではない、濁り者だ。勝って当然。試合は無効だ、無効」

結局どれだけ力を示したとて、どこにも仕官の口などはなく……ただ疎まれるだけ。いつしか私は『濁り』のイサラと呼ばれるようになっていた。

何をしても上手《うま》くいかず、路銀は尽き果て仕事もなく。私は王都を離れ、北へと流れた。


流れ行く中で糊口《ここう》を凌《しの》ぐために用心棒をし、傭兵《ようへい》の仕事を手伝ううち……私は『濁り』のイサラとして、だんだん名前が売れ始めた。

剣と魔法を使う腕っこき、そう評されながらも、どうしても騎士の道を諦める事ができなかった。

戦の多い場所ならば、脛《すね》に傷を持つ騎士とて居場所があるのではないか？　そう考えた私は、ベント教国との戦線があり、荒事の多い北を目指して旅をした。

そうして流れ流れて、流れ切った北の果てにて。私はついに主君を得た。

何もない、どうしようもない荒野を治める、タヌカンという名ばかりの辺境伯家。名誉にも栄達にも程遠い家だ。給金など雀《すずめ》の涙、あっても使う場所もない、そういう家だ。

しかし経歴も噂も気にせず、騎士として受け入れてくれた。私にとってはその事実だけで、忠誠を捧《ささ》げるに足りる家だった。

そんな主君に命じられた仕事は、まだ幼い三男付きの騎士となる事。

私はその話を頂いた時、この仕事を天命だと思った。あの日姫を危機に晒《さら》し、役目を追われた自分の後悔を……この仕事をやり抜く事で取り戻せるのではないかと、そう思ったのだ。

そんな気持ちで引き合わされた主君の三男。フーシャンクラン様は、まるで沈まぬ太陽のような子供だった。それは衝撃であった、そしてまさしく天命であった。私の覚悟も、後悔も、諦観も、全てこの方に会うための試練であったのだと、すぐに理解ができた。

騎士イサラマールが、騎士である事に執着し続けた答えは、全てフーシャンクラン様の中にあったのだ。今生の別れに父が言った私の道が、彼の隣にあるように思えた。

騎士イサラマールの旅は、ここで終わった。

そしてこの瞬間から、彼の激動の人生に付き従う、イサラという女の旅が始まったのだった。

「どうせ行くならば、ゆっくりとマッキャノの領域を見て回りたい」

将軍にそう伝え、荒野を埋め尽くすが如《ごと》きマッキャノの兵たちには一旦お引取り願い……俺と直臣たち、それと身の回りの世話をすると言って聞かなかったメイドのリザは、準備を整えてから百名ほどのマッキャノ族たちと共に旅へ出た。

そうして生まれて初めて出た荒野の外は、存外に文明的な場所だった。マッキャノ族の用意した輿《こし》の上に乗り、彼らの兵站《へいたん》部隊が各所に天幕を立てている荒野を突っ切ると、徐々に草木が生え始める。そしてそれは次第に農耕地、牧草地へ変わり、ついには数えきれないほどの家が立ち並ぶ町になっていく。

「凄《すご》い数の家だなぁ」

もちろん前世ではもっと凄い建造物を沢山見てきたものだが、この世界では城と荒野と小さな町しか知らないのだ。そんな低刺激な暮らしを送ってきた俺にとっては、タヌカン以外の町というものは意外にも新鮮な驚きがあった。

「王国の王都《フォルキーア》にだってこのぐらいの数の家はありますよぅ」

「じゃあここがツトムポリタかな？」

「ここはウガーモの町で、首都ではありませんよ。首都はもっともっと遠くです」

俺とリザの乗る輿の隣を馬で歩くメドゥバルがそう言うと、その反対側を行くイサラがなんだか不満げに続けた。

「じゃあきっと二番目に大きな町だよぅ」

「まぁ、小さくはありませんね……」

そんな事を話す俺たちに、マッキャノの付けてくれた世話役の女性が小走りで近づいてきた。

「うん、うんうん……フシャ様、今日はここで宿を取ると申しておりますが」

「わかったよ」

「この町の首長の家に泊まるとの事です」

毛皮の帽子を被《かぶ》った世話役は、メドゥバルの馬と並走しながら甲高い声でなおも話す。

「近くの有力者が集まっているので是非挨拶がしたいと、酒宴を催すようです」

「酒宴！　いいじゃないの！　タヌカンにゃあ酒がなかったからなぁ」

輿を先導するように前を歩いていたキントマンが、鞍《くら》の上で振り返って嬉《うれ》しそうにそう言った。

「大酒飲みがいるがいいか？」

メドゥバルはまた世話役と話し、周りに聞こえるように大きな声で告げた。

「このウガーモには、巨人でも飲みきれぬほどの酒があるそうですぞ！」

「やったー！」

「たまんねぇなぁ！」

「マッキャノも来てみりゃあいいとこじゃないの！」

現金な傭兵《ようへい》連中はその言葉に盛り上がり、行列は少し早歩きになった。まぁ、酒と色は大事だからな……俺はまだ十歳だからどちらもいらないが。

町の中心に城のように聳《そび》える首長の邸宅に近づくにつれ、家々の密度が上がっていく。きっと中心から作り始め、周縁部を作り始める頃に道の広さの基準などが決まったのだろう。そんな住宅密集地を貫く大通りの片隅に、何やら人集《ひとだか》りができているようだった。

「……アン クラン！ デロング《（悪い）》 マッキャノン《（マッキャノ人は）》！ ブル ハステル《（皆殺しだ）》！」

なんだか物騒な言葉が聞こえて来るが、危ない奴《やつ》らが集会でもやっているのだろうか。厄介事に巻き込まれないよう、俺は輿の中へ引っ込んで簾《すだれ》を下ろした。ただでさえ、外国人の行列という事で目立っているだろうしな……。

しかしそんな外国人たちを迎えてくれた、ウガーモの首長であるリーガーの家で、我々は下にも置かない扱いを受けた。首長自ら部屋を案内し、この世界では初めて見る大浴場にも付いて来て、男たちみんなで裸の付き合いをした。その後行われた酒宴においても、リーガー自身が甲斐《かい》甲斐《がい》しく手ずから肉を切り分けてくれるなど、なんだかこちらが悪く思えてくるようなもてなしっぷりだ。

「リーガーは、荒れ地のフーは嫁は取ったかと聞いています」

「まだ十歳だ、それに結婚は父の決める事」

まあ、せっかくだから誼《よしみ》を通じておこうという下心もあるんだろうが、それぐらいは誰でも考えるような事だろう。この宴会場にいる人間だけで、タヌカン城の全員よりも数がいるかもしれない……そんな大宴会を開いてくれた事に、俺はリーガーへ素直に感謝していた。

「フシャ様、この料理は美味《おい》しいですよ」

「だめだめ、フシャ様は酒が飲めないんだ。その杯は俺が頂こう」

「フシャ様、彼は油の原料を栽培する農地を持つ大農家だそうです」

左右にはイサラとキントマンが陣取り、右斜め前に陣取ったメドゥバルが正面に来る客との通訳をし、その隣にいるマッキャノの世話役女性は楽しそうに酒杯をかぱかぱ空けている。なかなか賑《にぎ》やかな宴会で、俺に付いてきてくれた者たちも楽しんでいるようだった。そんな宴もたけなわという頃、十人ほどの屈強な男たちが俺の前にやって来た。

「フシャ様、彼らはフシャ様の秘術軍《シアンクラン》に入りたいと申しております」

「秘術軍？」

「フシャ様のお名前をフー、シアン、クランと区切って読むとフーの秘術軍という意味になるそうです、恐らくは勘違いされたものかと……」

「もしかして、だから彼らは俺の事をフーと呼ぶのか？　だとすれば、そんな物は存在しないと言ってくれ」

メドゥバルが俺の言葉の通りに告げると、彼らはなんだか憤慨したように何かを捲《まく》し立てた。その様子に、傭兵団の者たちが剣呑《けんのん》な様子でぞろぞろと集まってくるが……男たちはそれを見てなお胸を張り、太い腕を掲げて何事かを高らかに述べた。

「我らを弱卒《じゃくそつ》だと思って隠しているならばその必要はない、我らは勇士であり、入団試験があるならば今からでも受けようと申しております」

「そもそもそんな話がどこから広まったんだ？」

「夕刻に通った大通りで講談師がそのような話をしておりましたので、恐らくそこから間違って広まったのかと……」

「そういえばなんだか、悪いマッキャノを殺すだのなんだのと物騒な話をしている集団がいたが……もしかしてあれは俺の話だったのかな……？」

そんな話をしていると、男たちの中から一人がメドゥバルの方へ顔を近づけ、ぼそぼそと何かを囁《ささや》く。

「彼は、持参金が必要なのならばはっきり言ってほしいと……」

「ないない、軍ではないし、仕事もない。我々はツトムポリタへ向かっているだけだ」

メドゥバルがその言葉を伝えると、彼らはまだ納得していない様子だったが……首長のリーガーが執り成して彼らを帰らせてくれた。これは、できればこれからは無理を言ってでも、各地の有力者の家に泊まらせて貰《もら》わなければ大変な事になるかもしれないな……。

「なんだか、えらい事になってるなぁ……」

「それだけ、彼らがラオカン大王という存在を重要視しているという事でもあります」

しかし、戦時の無我夢中の中とはいえ……他文化の偉人を僭称《せんしょう》してしまった報いがこれなのだとすれば、甘んじて受ける他ないのだろうか。そんな事を考えながら、城で暮らすのと同じようにリザに身支度をされ、城よりも遥《はる》かに上等な寝具で眠る。そしてすぐに朝はやって来て、出立の時間となった。

「おい、あれって……」

「あいつら、付いて来るつもりかよ……」

「誰か追い払ってこいよぅ」

「……もしかしたら、隣の町まで行くだけかもしれんだろ」

「それ本気で言ってます？」

俺たちの行列の少し後ろからは、なぜか昨日追い返したはずの男たちが、大荷物を背負って付いて来ていたのだった。

当代ラオカン大王を名乗りし不届き者。
多くの者を惑わす、魔性の類。
荒野のフーなる者、我が見極めんとて、酒宴を催し宅へと誘い込む。
若《も》し悪《あ》しき者なれば、我が責を以《もっ》て討たん。
然《しか》し、彼の者目付け常ならず。
我が器にては善悪の事測り切れず。
必ず只者《ただもの》にては有るべからず。
彼、必ず我婿にせん。
なれど、そう思ひたるは我だけにあらじ。
翌月よりウガーモの諸氏、競ひて悪魔の地へ進物贈らん。

ウガーモ秘史 第十六巻 リーガーの章

寒さのピークは超えたが、未《いま》だ春は遠く思える今日この頃。我々が二つ三つと町を過ぎるうち、勝手に後ろを付いて来る人間の数は次第に増えていた。二つ目の町では十人が三十人に、三つ目の町ではそれが五十人に……そして四つ目のこのスバドの町に来るに至っては、百人を超えていた。

今も、俺たちが泊まらせて貰《もら》っている首長の家の周りに、その中で宿が取れなかった者たちが好き勝手に座り込んでいる。これまでは、勝手に付いて来る彼らを半ば無視をするように進んでいたが、ついに町のある地域が終わるとなると、そうもいかないだろう。

ここから先は、遊牧で生計を立てるマッキャノ族の暮らす地域だ。当然ながら、簡単に金で物を売り買いできる土地ではない。荷馬を持ち、自前で食料を持ち込める我々と違い、徒歩の彼らが迂《う》闊《かつ》に踏み込めば、下手をすれば行き倒れる者が出るかもしれなかった。

「どうしたものかなぁ」

「勝手に付いてきたんだ、死ぬのも勝手だろ」

ぼやく俺にキントマンはそう言うが、ただでさえタヌカンとマッキャノの関係は悪いのだ。この上ほとんど人質に取られたと言ってもいいような状況の俺が、社会に混乱まで齎《もたら》すというのはいかがなものだろうか。

難事にどう動くかで、男としての価値は決まる……か。父の言っていた言葉が、頭の片隅に引っかかる。

「いい加減に、きちんと彼らと話そうかな」

「だけどよぉ、きりがねぇぜ」

「キントマン、お前も最初は押しかけだったさ」

そう言うと、彼はなんだかバツが悪そうな顔で黙った。そして俺はスバドの首長であるワラカラという男に頼み、邸宅のホールを借りて正式に彼らと対面したのだった。

『お前たちは一体何が望みなんだ』

元から少し学んではいたが、多くのマッキャノ族と共に旅をするうち、俺はいつの間にか彼らの言葉がかなりわかるようになっていた。もちろん、発音は怪しいし、普段遣いしないような言葉は知らないのだが、それでも自分一人で軽い世間話ぐらいはできるぐらいになったのだ。そんな俺のたどたどしいマッキャノ語の問いに、勝手に後ろを付いてきた者の中から前へ歩み出た、肩に鷹《たか》を載せた若者が高らかに答えた。

『恐れながら申し上げます！　我々の望みは、フー様の秘術軍と共にある事です』

『何度も言っているように、そんなものはない。俺は田舎の貧乏貴族の三男坊で、お前たちを養えるような力はないのだ』

『それならばそれでも構わない！　我々は我々の信ずるようにフー様と共にある！』

『ここから先には食料を売っているような店もない、付いて来れば飢えて死ぬぞ』

『それならばそれで仕方のない事。もし我々に付き従うなと言うのであれば、いっそ伝説の紺碧剣《チヨノヴァアグナ》にて我らをお斬りください！』

そう力説する彼の後ろをよく見れば、彼らの大半はぼろを着た貧民のようだった。それも男ばかりではなく、女や子供までもが交ざった百人だ。もしかして、この集団は元の町で食い詰めていた連中が、仕事を求めて付いてきたってだけなんだろうか……？

『お前ら、帰る場所はないのか？』

『ありません』

勝手に俺に夢を見られても困るのだが……これで本当に彼らを無視して遊牧地を突っ切り、彼らが飢え死にするのを見捨ててしまえば……今流れている『ラオカン大王の僭称者《せんしようしや》』という噂《うわさ》の次に流れるのは『町から人を攫《さら》って殺す悪魔』といった物になるんじゃないだろうか。

「甲斐性《かいしよう》も男の価値か……」

「どうした、フシャ様」

「キントマン、お前は俺に、百人を養えるような器があると思うか？」

「百人なんてとんでもねぇ、あんたがその気なら百万人だって軽いぜ」

百万人ね。まぁそれなら、百人ぐらいはなんとかなるんだろう。

俺は、昔から努めて楽観的に生きてきた。やると決めたら、さっさとやるのだ。損も得も、いつだって動いた後からついてくるものだった。

「キントマン、イサラ、メドゥバル。俺という器の中身たちよ……」

俺が三人の顔を見ながらそう言うと、彼らはすぐに俺の側《そば》へとやって来た。

「この百人をこの町で食わせろ。いずれタヌカンに連れ帰り、畑でもやらせよう」

「そういう事ならメドゥバルの仕事だなぁ」

「金勘定は任せる」

二人からそう言われたメドゥバルは、頭をぽりぽりと掻《か》きながら考え込んでいたが……しばらくして目を開くと「塩を運ばせましょう」と言った。

「塩を？　タヌカンからか？」

「フシャ様が畑を開墾された際、水と共に大量にお作りになられたと聞き及んでおります」

「たしかに、塔が塩で埋まりそうなぐらいには作ったが……」

「この辺りは内陸でございます、塩を運び入れれば捌《さば》き方は如何様《いかよう》にも」

「路銀はどうする？」

そう聞くと、彼はあっけらかんとした様子でこう答えた。

「借りましょう。ここスバドのワラカラ様でも、それ以前の町の首長でも構いません。必ずどなたかが融資してくださるはずです」

「そうとは思えないが、任せると言ったからな……」

「ええ、お任せください。そうと決まったからには、私はさっそくワラカラ様にお話を……」

言うが早いか、メドゥバルは小走りで行ってしまった。俺は鷹の男へと向き直り、大きな声で告げた。

『お前たち！　俺の下で何でもする覚悟はあるのか？』

『もちろんだ！　我らはどんな仕事だろうと全身全霊で務め上げる！』

『では、兵站をやれ』

その言葉で、百人の押しかけ秘術軍は塩を運ぶ商人へ姿を変えた。最初は倉庫のような店舗だけを借りて、そこへ塩を集めて手売りしようかと思っていたのだが……。

『水臭いじゃないか荒れ地のフーよ。商売がやりたいのなら、最初から相談してくれ。この家の向かいの町役場を商館として貴様にやろう』

『いや、役場は迷惑になるから、適当な建物を貸してくれればそれで……』

『気を使うな、この家はもう貴様の実家も同然。昨日会わせた娘のアビィにも手伝わせよう、あれでなかなか顔が利く』

『いや、商売の許可を貰えればそれで……』

そんな風に、なぜか積極的に首を突っ込みたがる、スバドの首長ワラカラが様々な手配をし始め……その娘である十六歳のアビィも、あれこれと世話を焼いてくれた。

『とりあえずあの人たちにも泊まる場所が必要でしょ？　うちの邸宅の部屋をいくつか開放するから、そこで暮らして。いいのいいの、うちは遠くから来た商人が泊まったりするから空き部屋がいっぱいあるのよ』

『ああ、ありがとう……』

『食事はうちで面倒見るから、服は足りてる？　赤ちゃんもいたからおむつも必要じゃないかしら？　井戸は使っていいからね。便所は二階にもあるから。毛布出しておくから。洗濯は自分でできるわよね。フーの分は私に言ってね。晩御飯は私も手伝うから。嫌いな料理はないかしら』

『あ、ああ……』

早口で喋《しゃべ》り続ける彼女に任せていると、あっという間に生活環境が整えられていき、例の百人はこの日から屋根のある場所で眠れるようになった。なんだかよくわからないが、とんでもない事になってしまったようだ。

そんなこんなで一週間もする頃には、スバドの町の一等地には『秘術軍』という看板を掲げた、大きな店が出来上がっていた。そして、それとほぼ同時に、どこから話を聞きつけたのか……これまで通ってきた町の、首長の代理たちが続々とやって来た。そして勝手に融資の表明をして、俺の前に金を積み始めたのだ。

『ウガーモの町、リーガー様より六十ラオニクスをお持ち致しました。些少《さしょう》でございますが、ご商売の足しに。町には商会のための建物も用意してございます』

『いや、それは受け取れない……』

『ズギの町、コミリナ様よりは八十ラオニクスを。ご笑納下さいませ。コミリナ様は邸宅の一部を商会にお貸しすると申しておられました。いやご心配召されるな、フー様の商館は只今《ただいま》新築中でございまして、それまで仮にという事で……』

『ウガーモの町は私の裁量において三十ラオニクスを追加する！　ズギ者はすっこんでおれ！』

『お二人、落ち着いて……』

『田舎者はいけませんなぁ。ホリドの町のコウコウ様よりはきりが良いよう百ラオニクスを。商館はフー様のよいようになされよという事ですので、どこでも好きな建物をお選び頂ければと……』

『フー様、ホリドなどという不心得者の町は飛ばした方が良いですぞ、町全体が賊のようなもので……』

『貴様！　言うに事欠いて……』

『お三方！　落ち着いて！　落ち着いて！』

　正直言って、何がどうなっているのかはわからない……だが恐らく俺が思うに、塩という商材が彼らを過剰に刺激してしまったのだろう。塩というのは、古来国の専売になる事もある戦略物資だ。それを扱うという新興商家に、権力者が首輪をつけようとする事を誰が責められようか。

　結局俺は各町より、普通の家庭であれば百年は飯を食えるだけの金を融資され……荒野から遊牧地までもを貫いた巨大な交易路《ソルトロード》で、様々な物を扱う商売を始める事になったのだった。

当代ラオカン大王を名乗りし不法者。
無知《むち》蒙昧《もうまい》たる、悪逆の輩《やから》。
（中略）
必ず只者《ただもの》にては有るべからず。
彼、必ず我婿にせん。
荒野より出《い》でし宝なり。

コミリナ翁《おう》ズギ録

当代ラオカン大王を名乗りし如何《いかが》わしき者。
人心を惑わす、詐術《ペテン》の類。
（中略）
必ず只者にては有るべからず。
彼、必ず我婿にせん。
齢《よわい》四十にしてつひに跡継を見つけたり。

ホリド雑記 二十二章

当代ラオカン大王を名乗りし不埒者《ふらちもの》。
卑しき輩、鬼面獣心の悪鬼。
（中略）
必ず只者にては有るべからず。
彼、商売をせむとて。
商館をあたへ、金子をあたへ、娘をあたへ。
盤石な陣容也《なり》。
彼、必ず我婿にせん。

大ワラカラ記 秘術軍の章

彼、この地にて君として立つ。
百の流民を従へ、四つの町を纏《まと》め、荒野より塩を運ばん。
かの道、のち塩の道《ソルトロード》と呼ばれけり。

北極伝説異聞 第五集

「じゃあメドゥバル、後は頼むぞ」

「お任せ下さい。スバドにて諸事万端を整えてお待ち致します」

四つの町の首長からの出資を受けた、秘術軍と名付けられた謎の商会。その舵取《かじと》りを商人のメドゥバルに任せ、俺たちは首都ツトムポリタへ向かうべく遊牧地に乗り込んだ。

広大なこの遊牧地こそが、マッキャノ族の始まりの地にして本拠地という事だ。メドゥバルが離脱する最大の懸念点だった言葉の問題も、俺がだいたいわかるようになったというのもあるし……マッキャノがつけてくれた世話役のウロクという女性も、旅の間にこちらの言葉をだいぶ理解するようになっていた。

「ア《私》は言葉覚える得意、テグノン ノシの娘だから」

「テグノン ノシって？」

「あー、色んなところ行って……話を纏《まと》める……あー」

「国の外に出ていく外交官みたいなもの？」

「あー、そうかも、ガイコカンね。ガイコカン」

まぁ、まだまだわからない所はあるが、そもそもメドゥバルだってマッキャノ語が完璧というわけでもないのだ。これぱっかりは、時間をかけてわかり合っていく他ないだろう。

「しっかし、見渡す限り何にもないなぁ」

隣を歩くキントマンはそんな事を言うが、俺はこの遊牧地の景色を存外気に入っていた。なんせ生まれた時から荒野暮らしなのだ、何もない景色は慣れ親しんだものだ。吹き抜ける風が地面を撫《な》でる様も、剣が薙《な》いだように真《ま》っ直《す》ぐな地平線も、眺めていると結構心が落ち着くものだった。

「都会好きのキントマンには悪いが、俺はこういう景色も好きだ」

「別に都会が好きなわけじゃねぇさ。ただ酒とおねーちゃんがいた方が、毎日が楽しいってだけさ」

「おねーちゃん？　ア《私》もお姉ちゃんだよ」

「ロク、キントマンが言ってるのは商売女の事さ」

「あー、ヤ《あなた》はいやらしねー」

そう言いながら、ウロクはなんだか小馬鹿にしたような顔で、キントマンに向けてよくわからないハンドサインを送った。

「しかし、こう何もないと雨が降ったとき大変だよぅ」

「だいじょーぶ、ここらへん今は雨降らないよ。もっと後にまとめて降る」

「雨季があるって事か」

俺は身体《からだ》にブランケットをかけて、輿《こし》の上で横になった。風が吹き抜けて寒いは寒いが、もう春も近く、昼寝をするのにも我慢できないほどではない。

「まあでも、狼《おおかみ》はいっぱい出るけどね」

ウロクは俺を脅すようにそう言うが、狼だってわざわざ武装した百人には近づかんだろう。うちには金狼《きんろう》だっている事だしな。

風の音と馬の蹄《ひづめ》の音を子守唄に、俺はたっぷりと眠った。

『まあ狭いが、ゆっくりしていけ』

『ありがとう、世話になる』

特に自己紹介をするでもなく、一夜の宿を借りるために立ち寄った移動式住居の主は、そう言って俺たちを招き入れた。もちろん俺たちに同伴するマッキャノの使者が上手《うま》い事言ってくれたんだろうが、それにしてもあっさりと泊めてくれるものだ。それでもさすがに全員は入れないので、中に入るのは女たちと俺とキントマンだけで、他はみんな野宿だった。

支柱のあるテントのようなその住居の中は案外広く、家具も沢山置かれていた。中央にある竈《かまど》では白っぽい何かが入った鍋が熱されていて、なんだか美味《おい》しそうな匂いがする。

立派な髭《ひげ》を蓄えた家主は、その隣に置かれた薬缶《やかん》から茶碗《ちゃわん》に茶を注いで一杯飲み、もう一杯注いで俺に差し出した。なんだか薬っぽい匂いのするお茶だが、温かいというだけで嬉《うれ》しいものだ。

『お前たちが、悪魔の地からやって来たという連中か?』

『そう、ツトムポリタへ向かっている』

『行ってどうする』

『皇帝に会う、そこから先はあちらが決める事』

そう、俺は皇帝に謁見してくれと言われただけで、そこから何をしてくれとはまだ言われていないのだ。紺碧剣《チヨノヴアグナ》でも贈って許してもらえるのか、首を切られるのか、それは行ってみなければわからない事だった。

『悪魔の地はお前のような子供ばかりか？』

『子供は少ない。荒野は厳しいから、みんな助け合って暮らしている』

『草原も同じだ。助け合ってなんとか生きている。それでも寒さと病気で、子供はすぐに死ぬ』

彼はそう言って、住居の奥の一角を仕切る衝立《ついたて》を指差した。

『うちの息子も病にかかった。生まれた時から馬乳酒を受け付けん子でな、春は迎えられんだろう……お前も気をつける事だ、草原ではできるだけ栄養を取れ』

その言葉を聞いて、奥さんなのだろうか、カラフルな服を着た女性がちょっと仕切りから顔を出してこちらを覗《のぞ》いた。服の色に反して、彼女はなんだかくすんだような、疲れたような顔色をしていた。

『病気なら薬を分けようか？』

『薬を？　申し出はありがたいが……それはお前たちの分ではないのか？』

『俺は錬金術師だ、元々薬を作るのが仕事だ』

『なに！　薬師なのか!?　ならぜひうちの子を見てくれ！』

彼は勢いよく立ち上がって、ガバッと俺の手を取ろうとした……が、その手は空中でピタリと止まる。俺と彼の間を断ち切るかのように……薄緑色の光を放つ剣が突き出されていたからだ。

「それ以上近づくなよぅ」

髭の家主は、信じられない物を見たという顔でよろよろと後ずさり、どさりと崩れ落ちた。

『紺碧剣《チヨノヴアグナ》……？　本物か……？』

俺は座り込んだ家主にエメラルド・ソードを構えるイサラの手をポンポンと叩《たた》いて、一歩後ろへと引かせた。

「イサラ、いい。この人の子供が病気なんだ。リザ、俺の薬箱を持ってきて」

「畏《かしこ》まりました」

俺が家主を立たせるために手を取ろうとすると、代わりにキントマンがその手を取って彼を引き上げた。俺は差し出したまま宙に浮いた手で、家主の肩をポンと叩く。

『さ、子供を診ようじゃないか』

『あ……ああ、頼む。治してくれ……頼むよ』

祈るようにそう呟《つぶや》いた家主に連れられ、衝立の向こうへ進むと……そこに寝かせられていた幼い男の子は、痩せた身体で苦しそうにこちらを見つめていた。

『この子がかかっているのは、ここらへんじゃよくある病か？』

『ああ。子供や老人がかかりやすいが、大人でもかかる事がある。身体に力が入らなくなって、歯が抜けたりして死ぬ病気だ』

子供の唇をめくってみると、なるほど歯茎から血が出ているようだ。俺はこの病気を知っていた。

前世ではもう、そうそうかかる人もいなくなった病気だったが……仕事で船乗りでもあった俺は、その歴史を講義される中でこの病気の事を知る機会があり、原因も症状もよくわかっていたのだ。

この病気は、恐らく壊血病。ビタミンCの不足による病気と見て、まず間違いがなかった。

『多分、栄養が足りてない。ここらへんには野菜や果物はないのか？』

『人の食べられる草はほとんどない。町へ行かなければ』

『じゃあ、これを飲ませて治ったら、できるだけ酸っぱい果物の絞り汁を飲ませろ』

俺は家主に、薬箱にひと瓶だけ入っていたビタミン剤を手渡した。荒野にも野菜は少ないから、必要になる事があるかもしれないと作っていたものだ。ただタヌカン城の食事には最低限の野菜はあったし、町の人たちは腹の足しにと海藻類を食べていたようだから、これまで出番がなかったのだ。

『いいか、一気に飲ませても意味がない。食事毎《ごと》に小指の爪に載るぐらいの量を飲ませろ』

『ああ、ありがとう……ありがとう……』

『本当にありがとう……』

家主と奥さんは片膝立ちになって俺に手を合わせているが……まだ子供は助かってもいないんだけどな。

『そうだ、お礼を……たいした蓄えがなくてすまないが……』

そう言って立ち上がる彼を、俺は服の袖を摑《つか》んで止めた。

『いい、いい。助け合いだろう。荒野も草原も』

俺がそう言うと、彼の目はだんだんうるみ始めた。そして数秒の後に決壊すると、そのまま家主は床に跪《ひざまず》いて泣いた。自分の子供が死ぬかもしれなかったのだ。子を持った事がない俺にはわからないが、きっとその絶望は、想像を絶するものだった事だろう。

『スバドの町に、秘術軍という商家がある。荒れ地のフーの名前を出せば、きっと果物を融通してくれるはずだ。後で木簡へ文を書こう』

とは言ったものの……結局俺は子供が回復するまでその家に逗留《とうりゅう》し、共に旅をしてきたマッキャノ族の者に頼んでスバドの町まで果物を取りに行ってもらったりしていた。

だが、その間に……草原は次第にとんでもない事になり始めていたのだった。

◆

『こちらに薬師様がおわすと聞いたのだが……』

『おお、ノシンの。元気しとったか』

『おおシギルの、久しぶりだなぁ。それがだなぁ、どうにも婆《ばあ》さんの咳《せき》が止まらんで……』

俺が泊まらせてもらっていた簡易住宅の隣へ、新しく増設された簡易住宅の周りには、何頭もの馬が繋《つな》がれている。今や診療所のようになってしまっているその中で、俺は頭を抱えていた。

「フシャ様、どうします？　また増えましたよ……」

「やばいよな、このままだとここで春を迎える事になっちゃうぞ……俺はこんなとこで病院を開くつもりはないいんだよ」

「困ってる人を見境なく助けちゃうからですよぅ」

どこからどう伝わったのか、壊血病の子供の治療経過を見ているうちに、薬を求める人たちが草原中から集まってきてしまったのだ。

壊血病ならスバドから持ってこさせた柑橘類《かんきつ》を食べさせれば良くなるし、咳や関節痛なんかでも薬箱にある薬でなんとかなる事が多いのだが……問題は、この退屈な環境に俺が耐えきれなくなりつつある事だった。

草原の景色も嫌いじゃあないとは思ったが、一週間もここで過ごせば正直飽きる。荒野は地元だったし本などの娯楽も少しはあったから良かったが、草原にあるのは家畜、肉、お茶、狼ぐらい。

正直言って、俺はあんまりここに長居する気にはなれなかった。

「ここにいたら際限なく人が増える。家主の子もだいぶ良くなったし、明日にでも発《た》とう」

「集まってきた人はどうするんですか？」

「ここまで秘術軍の商隊を来させる。それで柑橘類を運べば家主の子供と同じ病気は良くなるし、他の病気はそもそも錬金術の道具がないから、手持ちの薬以外では対応できないよ……」

遊牧民たちだって、さすがに皇帝に会いに行くと言えば引き止められないはずだ。俺は頼ってきてくれた人たちにはできる限りの薬を渡し、スバドの町から商隊を来させる事を約束して、なんとか出発した。

だが、それでも後から後から薬を求める人が俺の行く先々にやって来て、なかなかに苦労した。

びっくりするほどの距離を移動してやって来る割に、深刻な病気の人というのはほとんどおらず……前から腰が痛いとか、前から頭が痛いとか、前から足が痒《かゆ》いとかそういう患者ばっかりだ。薬があるものは渡せるが、どうにもならないものはスバドから来ているはずの商隊に頼んでくれと言って、場所を教えるだけの対応になった。

「おっ、あれは町かな？」

「あー、あれはツトムポリタのはじっこね」

「はじっこ？」

俺がそう聞くと、世話役のウロクは得意げに頷《うなず》いた。

「ツトムポリタっておっきいよ。ウガーモもズギもホリドもスバドも、ぜーんぶ入るぐらいおっきい」

「それじゃあ国じゃないかよぅ」

「みんなが言うクニってのがよくわからないんだけど」

「国っていうのはなロク、一つの纏まりだよ。王がいて、その下に臣がいて、その下に民がいる。そうして他の国から利益や民を守っているんだ」

「ああ、ならマッキャノはこれまで通ってきた場所全部クニだよ。みんなツトムポリタにいる大首領の親戚だから。お隣のズヴァイベ族も親戚だよ」

婚姻政策を極めていけば、こういう国ができあがるんだろうか。

暫定的にマッキャノ国とでも呼んでおくが、この国はとにかく巨大で安定していた。虎視眈々《こしたんたん》と王の座を狙う諸侯がいるわけでもなく、野に下った貴族や兵が山賊をやっているわけでもない。ただ血縁を束ねた王が首都にいるというだけで、各々が特に野心なくその人生を全うしているようだ。

「諸侯の反乱とかはないのか？」

「はんらん？」

「王に剣を向ける者はいないのか」

「いるいる！　五年に一回、殴り合いで大首領決める！　お祭りあるよ！」

「お祭り？」

聞けば、マッキャノ族には、ある種の選挙制度のようなものがあるらしい。各地の有力者が候補者を出し、その候補者が王都にて競い、一番強い者を大首領として皆で支える。そういう仕組みを、太祖ラオカンが作ったのだそうだ。

「五代前かなー、コドリコっていう王様がいたけど、強かったけど、強かっただけで。みんなに認められなくて、次のお祭りには参加もさせてもらえなかったんだって。だから子供たち、コドリコにはなるなーっていっぱい勉強させられるよ」

なるほど、そこそこきちんと機能もしているらしい。やるな、ラオカン。

そんな話をしている間にも、俺たちはツトムポリタへと入り、その巨大な町の中をずうっと移動し続けた。

「おい、どんだけ歩いても町が終わんねぇぞ」

「キントは田舎者？　まだまだはじっこだよ」

ツトムポリタは、規模的には前世の都市に近かった。どれだけ歩いても町の切れ目がなく……

やっと自然のある場所へ出たかと思えば、そこは周りを住宅地に囲まれた畑だったりする。

この町はとにかく広く、盛況で、華々しかった。人々は色とりどりの服で着飾り、泊まる宿には風呂があり、下水道まで整備されていて、人が暮らす場所にはつきものの悪臭も薄かった。

「俺、ここに住みてぇ……」

「こりゃあ大軍を送ってこれるはずだよぅ」

風呂上がりのホクホクした身体で、分厚いハムととろけるチーズを挟んだパンを麦酒で流し込みながら……キントマンとイサラは幸せそうにそう言った。

この日と翌日にマッキャノ族が泊まらせてくれたのは、とんでもない豪華さの宮殿のような宿だ。大浴場、蒸し風呂、水洗便所、そして豪華な食事に飲みきれぬ酒。もちろん他のみんなも大満足で、どうせ向こう持ちだからと好き放題美食や酒に舌鼓を打ち、夜になると何人かはこっそりと遊びに出かけていったようだ。

俺は成長期だから日が沈んだらすぐに寝ていたが……ツトムポリタは、ここを生き延びられたら大人になってからまた来てみたいと思えるような、楽しい楽しい町だった。

だが、どんな旅にも終わりはあるものだ。そんな楽しい町中旅も三日目には終わった。

北の果ての終着地点、ツトムポリタの大首領の待つ大宮殿に……俺はついにたどり着いたのだ。

昨日一昨日に泊まった宮殿のような宿が馬小屋に見えるほどの巨大建築物を前にして、俺は冬戦争以来の武者震いを感じていた。

【壊血病】（遊牧地）

全身倦怠感《けんたいかん》、筋肉痛、関節痛、皮膚及び歯茎からの出血、歯の脱落などの症状が見られる、遊牧地特有の病気。生野菜や生果類に含まれる栄養素が不足して発症する。

当時遊牧地を訪れていた荒れ地のフーが命名〔1〕し、同時に治療法を確立。〔2〕遊牧地の者へ様々な薬〔3〕を処方し、交易網を構築してツトムポリタへと去る彼の戯曲〔4〕は、この病の名を各地へ広めた。

この頁《ページ》では、遊牧地での病気について説明しています。その他の壊血病については157頁の「壊血病（船乗り）」をご覧ください。

〔1〕『ウロク見聞録』に記載。諸説あり。

〔2〕「ビダミン」を投薬したと言われるが諸説あり。その中でも「柑橘類を食べよ」と指示したものが同地に長く伝わる。

〔3〕現在も実物が残る。未《いま》だ製法の解明できない薬も多数あり、研究が進められている。

〔4〕『北極伝説異聞』を元にして作られた戯曲『秘術軍』の該当箇所は、家主の子を救った荒れ地のフーが「一宿一飯の恩を返す」と礼を受け取らず、そのまま去ったという話になっているが、実際は一週間ほど滞在した模様。『ウロク見聞録』によると、何もない遊牧地に子供だった荒れ地のフーは退屈していたとの事だ。

我が家のお医者さんハンドブック

器と中身

百人の流民を食わせるため、塩を商材に荒野と草原を繋《つな》ぐ交易路を作る。それが、私メドゥバルに任された仕事だった。

誰もやった事のない大仕事。失敗すれば主君の名に傷が付く大一番。普通は、私のような不義理者に任される類の仕事ではない。

だが、我が主フーシャンクランは私を含む三人を集めてこう言ったのだ。『俺という器の中身たちよ』と。それは何にも勝る信任、何にも勝る誉れ、そして何にも勝る重責だ。

主君に「任せる」という言葉を頂いたその瞬間から、私の東奔西走の日々が始まった。

『メドゥバル、荷車の買い付けに行ってきたが、この値段ではいかんと追い返されたぞ』

『秘術軍結成の話を聞いて足元を見ているのでしょう。首長のワラカラ様と共に後でもう一度参りましょう』

『メドゥバルさん、塩の話を聞きたいという方がいらしていますが……』

『応接間でお待ち頂いてください。もう少ししたら向かいますのでお茶をお出しして』

『メドゥバル、秘術軍に入りたいって連中がまた来たぞ』

『募集はしていないと伝えて……どうしても引き下がらなければ、食事を取らせて待たせておいてください』

　まだ何も始まっていないというのにこの騒ぎ。資金が潤沢で、商会《フーシャンクラン》の頭の信用が絶大でなければ秘術軍は早々に破綻していただろう。

　そんな秘術軍の拠点であるがらんどうの店には、とんでもなく騒々しい空気が流れていた。ひっきりなしに人は出入りし、事務員の背負っている赤子は泣き叫び、血の気の多い流民たちは些細《ささい》な事で喧嘩《けんか》を起こす。私はそんな混沌《こんとん》の中から、なんとか組織の背骨を作り出そうと必死になっていた。

『アビィさん、秘術軍の中で数字がわかる人はこれで全てですか？』

『そうだけど、別にみんな商家で働いてたとかじゃないんだよ？　一年二年手習いに行った事がある人。親からちょっと教わった人。自分でなんとなく覚えた人。そんな人ばっかり。数だけは挙げたけど、使えるのはそのうち半分って感じかな。もうちょっと教えれば大丈夫って人もいるけど、急ぐなら厳しいかも。あ、でも普通に商売やっていけそうな人も二、三人いたかな』

『……今はとにかく、できるという事が大切なのです。数が数えられるだけでも十分にありがたい』

『それでね、案外数はいると思ってたんだけど、働ける人間ってのが少なくてね。もちろん何の仕事もできないってわけじゃないけど、ほら荷運びって身体《からだ》が大事じゃない？　だから……』

　相変わらずよく話される……スバドの秘術軍の頭になる予定の、首長ワラカラの娘アビィさんは仕事は人並み以上にできるのだが、その分口も人並み以上に回るお方だった。

私は彼女の話を半ば聞き流しながら、羊皮紙に書かれた名前をもう一度見直した。文字や数字が理解できるのは百人のうちのごく一部。経験があろうがなかろうが、そこから事務方と荷駄頭を選んで回していくしかないのだ。

『……でね、その人が言うわけよ、馬ってのは頭から蹄《ひづめ》まで商品になるんだよって……』

『アビィさん……アビィさん！……ひとまず秘術軍は、ここに名前が挙がっている人たちを軸に回していく事になります。明日の朝には全員がこの店に集まるようにしてください』

『わかった。朝ね。それでね……』

『すいません、ちょっと来客対応に行ってきます……』

放っておけば明日の朝まで続きそうな彼女の話に断りを入れ、私は塩の商談のために応接間へと逃げ出したのだった。

寄せ集めの集団を烏合《うごう》の衆などと言うが、大半が流民の集団である秘術軍はまさにそれだった。食えてないから流れるのだ。秘術軍の中で自分一人でも食っていけるような人間はごく少数。そんな人間でもフーシャンクラン様の下では食っていける、そうなるように仕組みを整える。それは商売をする者としては、頭を抱えるような難題で……フーシャンクランに侍《はべ》る者としては、心が震えるような天命であった。

『ええと、荷車の修理部品の手配は終わってて……大草原から馬の商談に来た方がいらしていて……その後は商品の買い付け……』

『メドゥバルさん！　ラガン商会からの使者が来ましたよ！　一度挨拶に来いとか言ってますけど！』

『ああ忙しい、秘書が必要だな』

何から何まで首を突っ込んで差配し、寝る間を惜しんで手紙を書き、それでも主君の顔を潰さないよう、必要な宴会にはきちんと顔を出した。

離れてみてようやく、自分の元いたシスカータ商会の大きさがわかった気分だった。仕事を任せるに足る人間が、自分以外にいるというのは、本当に素晴らしい事だ。

何でも自分でやってみて、すでに世にある物の偉大さを知る。フーシャンクランに出会わなければ、こんな体験はできなかっただろう。いや、したいとも思わなかったはずだ。

とにかく、私はひとまずやり切った。我ながら超人的と言える踏ん張りで、ひとまずスバドでできる事を全て差配し終えたのだ。

『荷駄隊、号令！』

『いち』

『にっ』

『さん』

『……えっと……』

『ごっ』

『ろく』

四が飛んだが、ともかく六隊、馬付きの荷車とそれに満載した売り物を用意できた。これをタヌカンとウガーモの間に一台目、ウガーモとズギの間に二台目、ズギとホリドの間に三台目、ホリドとスバドの間に四台目、そして恐らく増えるであろう次の地への間に五台目を走らせる。残る一台は交代で回し、馬や人の休養、馬車の修繕の余裕を作るのだ。

そして、これからやらなければいけない事は、ホリドとズギとウガーモ、そしてタヌカンへ……このスバドの町に作ったのと同じような支部を作る事だった。

『これより全隊ホリドへと向かえ！　積んだ干し肉を一つも損なうな！　ヒウチさん、あとの指揮はお願いしますよ』

『任された』

鷹《たか》を肩に載せたヒウチという男に、私は荷駄隊の指揮を任せた。彼は元々流民たちの頭のような役割をしていて、フーシャンクランとの問答の中で『受け入れないならばいっそ殺せ』と啖呵《たんか》を切った人間だ。

彼自身は数字もわからなければ文字も読めないが、秘術軍にいる者たちからの信頼は厚い。頭になる人間というのは能力があればいいというわけではなく、人徳でも腕っぷしでも、とにかくわかりやすく人に認められる力が必要なのだ。その点鷹のヒウチは集団の中で自然と中心に置かれる人望を持っていたので、きっと荷駄隊を上手《うま》く率いてくれる事だろう。

『メドゥバルたちはすぐにホリドへ？』

『私はあちらでやる事がありますので』

スバドである程度仕事を仕込んだ事務方を三人連れ、私は荷駄隊に先駆けて次の町ホリドへと発《た》った。そしてその先で待っていたのは、スバドから書簡でやり取りをしていた男だ。

『メドゥバルさん、お待ちしておりました』

『やあ、これはコウコウ首長の甥御殿《おいご》。どうもこの度はお世話になります』

『そう水臭い事を申されますな。叔父上からは全てフーシャンクラン様の良きように、と言付かっておりますので……秘術軍の事でしたら、このバンケへなんなりと申し付けられませい』

秘術軍による荒野と草原をまたぐ塩の通商には、各町からの巨額の投資が入っている。それ故に、こうして町の首長の甥をつけて貰《もら》い、様々な便宜を図ってもらうような事ができていた。

『倉庫としてひとまず大通り沿いの適当な場所を押さえましたが……ご希望があらばすぐにそこを空けますので』

『いえいえ、この場所とて十分すぎるほどです』

バンケという男が用意してくれたのは、首長宅に近い大通りのど真ん中。よっぽどの大店《おおだな》でも、新規出店には選べないような立地だ。倉庫などとはとんでもない、よほどの間抜けでなければ何の商売をやっても儲《もう》かるような場所だった。

『お疲れでしょう、ひとまずはこのホリドでゆっくりとなさってください』

『いやいや、そういう訳にもいきませせぬ。目処《めど》が立てばすぐズギへと向かいまする。フーシャンクラン様がスバドへ戻って来られる前に、諸事万端を整えておきたいもので……』

そうでなければ、主君の凱旋《がいせん》に私だけ随伴できなくなってしまう。キントマンではないが、主君に置いていかれるという事は一つの恐怖であった。

『では私も微力ながらお力添えを』

『これはかたじけない、では近隣の大きな商家を紹介して頂けましたら……』

といっても、事前に手紙のやり取りで挨拶はしてあるという事もあり、話は円滑に進んだ。運んだ塩の捌《さば》き先、秘術軍の者たちの生活物資の仕入れ、輸送の練習がてら荷駄隊が運んでくる物資の売り先や、次の町へ運ぶ売り物の選定。やる事は山程あり、いつでも目が回るほど忙《せわ》しなかった。

それでも私はホリドについてから三日も経《た》たないうちに、秘術軍の支店を立ち上げる目処をつけていた。荷駄隊を遊ばせておけば、それだけ運転資金が減っていく。それに私は同じ事をあと三回もやらなければならないのだ、時間はいくらあっても足りなかった。

だが、焦っている時は上手く行かないのが商売の道というもの。ホリドの町でも、また新しい入軍希望者がやってきたのだ。

『メドゥバル、武装した奴《やつ》らが来て秘術軍に入りたいと言っているぞ』

『今のところ剣を振るう仕事はないと言ってください』

どこかで誰かが勧誘活動でもやっているのだろうか？　そう思ってしまうぐらい、ひっきりなしに人がやってくる。我が主君が本気で兵を求めれば、きっと大地を埋め尽くすほどの軍団が出来上がるに違いない。

とはいえ人が増えるという事は……その食《く》い扶持《ぶち》に頭を悩ませる事以上に、いい事だって当然ある。ホリドで加わった人間には意外と学のある連中が多く、ギリギリの人員で賄っていた事務方に余裕ができたのだ。そうなれば最小構成で編成していた荷駄隊も、もう少し増やしていけるというもの。

我が主君の懐に入ってくる民ならば、食わせなければならない。そして民を食わせるためには、仕事を作らなければならない。フーシャンクランは畑をやらせると言っていたが……それに便りきりでは片手落ちというもの。畑でできた余剰作物の捌き先も、今のうちから考えておいた方がいいだろう。

秘術軍の者たちが首長の屋敷に厄介になる中、私と幹部と事務方は店の床に藁《わら》を敷いて眠り……一日に十の商家を回り、三十の手紙を出した。

そうして準備を整え、ホリドからスバドへと、適当な売り物を載せた荷駄隊を一つ送り出し……残りの荷駄隊と次の町で仕事を任せる事務方を引き連れ、また南へと向かった。

次の町でもスバドやホリドと同じ事をするだけだ、慣れもあるし心配はいらない。と、そうたかを括《くく》っていた私が、ズギの拠点予定地で見たものは……空っぽの建物いっぱいに詰まった、入軍希望者の群れだった。

『俺たち、今代ラオカンの話を聞いて飛んできたんだ！』

『ぜひ仲間に入れてくれ！』

『腕は立つぞ！』

『うちの爺様《じいさま》も来たがったんだが、俺が代理で来た！　フーシャンクランのために戦うぞ！』

そんな入軍希望者たちのあまりの勢いに……私がズギの首長の息子であるカンメという男の方を見ると、彼は何を思ったのか深く頷《うなず》いた。

『メドゥバル殿、どうやらこの物件では小さすぎたようで……代わりの商館を見繕います故、しばらくはご不便を許されよ』

『それは……いや、そうですか……』

はっきり言って、こちらには彼らを管理する余裕も、食わせていく余裕もあまりない。だがそれでも、我が主フーシャンクランを頼りにして来てくれた者たちなのだ。もう秘術軍は募集をしていないと、にべもなく突っぱねる事は……主の名を貶《おとし》める事にも繋がる恐れがあった。

しかし、この勢いで人が増えていいては、やっていけないというのもまた事実。スバドやホリドにだって、未《いま》だにどんどん入軍希望者がやって来ているのだ。人が人を呼ぶこの状況になっては、もはや流れは止まるまい。このまま手を拱《こまね》いていては、秘術軍の財務状況が破綻する事は目に見えていた。

自らの言葉ではないが、フーシャンクランには百万人の民を食わせる器がある、少なくとも私は本気でそう思っている。ならばその直臣の私とて、五百人程度は食わせて見せなければ、主の器を疑われようというものだ。

「伝手《つて》を全て使うか……」

五百を養うには、塩だけに頼るのは不安定と言える。私が商売をしていた北海航路にいる友人たち、彼らの商会からも物を取り寄せて更なる利益を積まなければ……秘術軍は集い続ける人間たちに、あっという間に食い潰されてしまうだろう。

『カンメ殿、この町の商家にご紹介頂けますか？』

『もちろんですが……メドゥバル殿は着かれたばかり、今宵《こよい》は宴《うたげ》を催します故……』

『それはありがたい、ですがぜひその前に商家へご紹介を。戦と商売は時間が命で……』

もうなりふりかまっている余裕などはなかった。とにかくマッキャノの物をタヌカンへと集め、北海航路でそれを売り、また集めた他所《よそ》の商品をマッキャノへ戻す。この仕組みを手早く作らなければ、集まった者たちを飢えさせ主君の顔に泥を塗る事になってしまう。

百人を食わせるのは商家の器量かもしれないが……五百を食わせるのはもはや為政者の仕事である。身の丈に合わない仕事ではあるが、フーシャンクランについて行くという事はそういう事だ。

大業成すべし。私は馬上で眠り、夢の中でも手紙を書いた。

「頼ってくれて嬉《うれ》しい、恩を返す時が来たようだ」

そのような手紙が、ちらほら旧友から届き始める頃……私は荒野から草原への入口の町、ウガーモにいた。すでに秘術軍は三百人を超え、もはや名簿の管理もままならない。主君から大草原への柑橘《かんきつ》類の輸送という仕事を命じられてもいたので、各町を繋ぐ荷駄隊も増やせるだけ増やし……それでも仕事のない者は、ウガーモから荒野に続く街道の整備へと回している。

ウガーモの支店が落ち着いて、辺境伯様との交渉が済んだ後はいよいよタヌカン入りだ。そうなれば人が増えても畑を耕させる事ができるし、それでも余れば港の開発にでも回せばいい。

元気があって仕事のない若者たちほど危険なものはないのだ。その点、今すぐ利益になるという仕事ばかりではないが……やるべき事がいくらでもあるタヌカンという土地は、若者たちの情熱の向かう先として、ちょうど良いと言えばちょうど良かった。

『メドゥバルさん、スバドとホリドの間の荷駄隊の収支の写しが届きました』

『ありがとう、確認致します』

牧畜が盛んな大草原に接するスバドから、肉類や乳製品、羊毛などをホリドへ運び……農業が盛んなホリドからは、日持ちがする野菜や日用品などを運ぶ。そして次の町、また次の町へと物を運んでいくのだ。特別な商品もないため利ざやは少ないが、今はとにかく物が動いている事が大切なのだった。

『あとズギの支部長カンメさんから、荷駄隊と他所の商隊との揉《も》め事《ごと》があったと……』

『カンメさんと首長のコミリナさんが間に入って、なんとか治めてくれたとの事です』

『揉め事ですか……』

『それはありがたい、あとで礼状を送っておきます』

人が増えれば揉め事も増えるもの。だが、各町の首長の関係者が支部の頭になってくれていたおかげで、それらもかなり穏便に治められるようになっていた。

各町の権力者と深い関わりを持った商会など、どこの国でもそうそうないものだ。王や大貴族に気に入られ、小さな権力者の頭越しに商いを行う商会はあるが……そういう商会は一時は大きく稼いでは、庇護者《ひごしゃ》の代替わりで消える徒花《あだばな》のようなもの。秘術軍はそうならぬよう、細かく気を使っていかなければな……。

とはいえ、我らの頭は辺境の何の力も持たない辺境伯の息子とはいえ……為政者の身内も身内。何でもかんでも簡単に許可が下りる一方で、些細な舵取《かじと》りは非常に難しいと言わざるを得なかった。

「という訳でデントラ様……タヌカン領の開拓に、我らの参画をお許し頂きたいのです」

「そうか、許可する」

ようやく辿《たど》り着いたタヌカンで、割と気軽に入れる辺境伯様の執務室にて……私は主君の父君に別の意味で冷や汗ものの交渉を行っていた。

「忝《かたじけ》なく存じます……つきましては、租税のご相談などを……」

「我が息子フーシャンクランの配下であろう？　租税など必要ないと思うが……？」

「それはいけませぬ。ご三男様の配下とはいえ……きちんと税を決めておかねば、後で揉める事になりかねませぬ」

「私の言葉を疑っておるのか？」

むっとした様子の辺境伯様だが、まぁ仕方のない事だろう。多分これまでこの領にはこういう話は一度もなかったのだろうから。

「違いまする。これは後に同じような者がやって来た時、ご三男様のお手元にも税がかかっていると言えるようにするためでございます」

「タヌカンへ？　そのようなものが来るだろうか？」

「フーシャンクラン様に誓って申し上げます、必ず来るでしょう」

「むぅ……」

辺境伯様は少し考えて、我が主君に似た形の顎をさすった。

「ではそのような者が来た時、改めて税の話をするというのはどうだ？　息子が一人で頑張ったものから上前を取るのは、気が引けるのだが……」

「恐れながら、商家というのは単体でやって来るものばかりではございません。多くの場合、それも全く縁のない場所に進出する際は、後ろ盾という物をつけてやってまいります」

「後ろ盾かぁ」

「そういう時は商家は貴族相手といえども、相手が損をしても断れぬよう理屈をつけて来るものです。ご三男様の事業に税をかけておく事で、前例ができまする。前例というのは力を持つものでございます」

「なるほど、裁きと同じか」

「左様《さよう》でございます」

納得した様子の辺境伯様は、天上を見つめながらしばらく考えたあと、私の方を見た。

「こちらにはそういう知識がない。息子の商人として信用する故、良きように決めてくれ」

「承りました。委細、纏《まと》めさせて頂きます」

本来私のような者がする仕事ではないが、フーシャンクラン様の商人と言われれば微力を尽くさざるを得ない。

「それと、配下たちの住居として町の一角をお借りしたいのですが……」

「良かろう」

「そちらの借地料の方も相談させて頂ければと。定住する者には領民と同じだけの人頭税をというのが相場でございますが……」

「民からは税は取っておらぬが……」

「む、無税でございますか!?」

主君の実家のとんでもない経済状況を目の当たりにしながらも、私はこのとんでもない領地の税制づくりに奔走する事になった。

よくもまぁこれまで悪人に食い物にされなかったものだ……いや、悪人が食い物にする部分がないほど、寂れた領地だったというわけかもしれないな。本当にここは、何もない場所なのだ。

だからこそ、余所者《よそもの》が大量に流れ込んでも、大した混乱もなかったのだが。今度は逆に、流れ込んできたマッキャノが戸惑う事態になっていた。

『塔から塩を運び出せ！　積み終えたらすぐに荷駄を出すのだ！』

『家を建てろーっ！　じゃなきゃあ砂煙の中で野宿する事になるぞ！』

『悪魔の地ってのはひっでぇ土地だなぁ……』

『こんな土地で畑をやるって、本気かよ？』

『悪魔の地の南蛮人は鬼みてぇにおっかねぇって聞いてたのに、みんな痩せ細って今にも死にそうだぞ』

マッキャノの民が困惑しながら寝泊まりする場所を用意する中……私は辺境伯様からつけていただいた騎士様方と共に、町の中を練り歩いていた。

「ふるまいですぞーっ！　ふるまいですぞーっ！　フーシャンクラン様がマキアノで配下にした者たちが、タヌカンへと手伝いに参った！　ご挨拶ですぞーっ！　ふるまいですぞーっ！」

つい最近まで戦争をしていた相手に怯《おび》えていた町の住民たちも、城の騎士たちが臨戦態勢を取っていない事を見て、ある程度は安心してくれたらしい。ふるまいと聞いてこわごわとやって来た者たちも、秘術軍の炊き出しに並んでくれた。

「フーシャンクラン様が故郷を想《おも》い、マキアノより送ってくださった麦ですぞ！　皆様とくとご賞味あれ！」

「フーシャンクラン様が……」

「ありがたいねぇ」

「あのマキアノの連中、フーシャンクラン様の配下だっつってるけど、本当かな？」

「戦争しに来たんなら、城からもっと騎士様たちが出てきてるはずだろ？」

そうやって訝《いぶか》しみながらも、突然やってきたマッキャノの事を、麦粥《むぎがゆ》と共に一旦は飲み込んでくれた住民たちだったが……暮らしていくという事は、融和していくという事でもある。言葉から違う二つの文化を橋渡しするために、その間に立つ人間が必要だった。

最悪私が残り、フーシャンクラン様をこのタヌカンにて迎え入れる事になるやもしれぬ。諦観と共にそう考え始めた時……主君が荒野へと残してくれた、草原と荒野の橋渡しのための置き土産が、秘術軍の門を叩《たた》いてくれたのだった。

『フシャの商会と聞いて来たが、ここに茶はあるかい？』

そう言いながらやって来たのは、荒野に似つかわしくない老婆と、その世話役らしき男だった。

『これはロゴス様！　よくいらっしゃってくださいました。誰か、お茶を！』

『あんたと会うのは二度目だねぇ、メドゥバルと言ったかね？　フーは元気かい？』

『もちろんでございます、今頃ツトムポリタで王と謁見を果たしている頃かと……』

このロゴスという老婆は、先々代の大首領の縁者でもある高名な占い師だ。そんな思わぬ大物の登場に、秘術軍の事務所になっている布張りの建物の空気は、どこか浮ついたものになっていた。

『お茶をお持ち致しました』

『ありがとう』

ロゴス様は茶碗《ちゃわん》に注がれたマッキャノの茶を一口飲み、お茶請けの焼き菓子をつまんでにっこりと笑った。

『国の物が入ってくるようになれば、ここらへんも暮らしやすくなるねぇ』

『ロゴス様はマッキャノへ戻られぬので？　よろしければ輿《こし》を用立てますが……』

『あたしはもう老い先短い。あとの人生は好きなものだけを見ていたい』

『と、申しますと……』

私がそう尋ねると、ロゴス様はニヤリと笑って、タドル語で答えた。

「フシャトロゴス、トモダチ」

そういえば、この老人たちはフシャ様からタドル語を教わったのだったか。

『ロゴス様、ご相談があるのですが……』

『マッキャノの入植を手伝えというのかい？』

『そうでございます。フーシャンクラン様は自らの後に続こうとするマッキャノを一人たりとも拒まず、私に彼らを食わせよと命じられました。タヌカンへ戻られた暁には、畑をやらせるとも』

『なるほど。まぁ、フシャは優しい子だからねぇ』

ロゴス様はお茶を一杯飲みきって、目を閉じて息を吐いた。

『ま、いいだろう。元々何かあの子の力になれないかと思ってこっちに残ったんだ』

『おお！　それでは！』

『フシャは占いは必要としない。でも占いの他にもこの婆《ばばあ》が役に立てる事があるならば、やらせてもらおうか。あんたもだよ、ノリン』

『俺は別にやらないなんて言ってませんよ』

『ありがたい！　本当にありがたい限りです！』

マッキャノ語とタドル語を解するロゴス様を頭にして、タヌカンの秘術軍本店は動き始めた。

マッキャノへと向かう荷駄隊は、フーシャンクラン様の塔に納められた塩をどんどん送り出し。逆にマッキャノからやってくる荷駄隊は、何もかも足りない荒野にどんどん物を運び入れた。

持ってきた物資は未だ増え続ける秘術軍を食わせる以外にも、清貧にすぎるタヌカン辺境伯家に税として支払われた。大草原から持ってきた特産品の類は租借した港の倉庫へも備蓄され、私が伝手で呼び寄せている商船に積まれ、いずれは他所へも輸出されていく事だろう。

マッキャノとタヌカンを繋ぎ、タヌカンを通じて北海航路へと繋がる通商路。そんなものをひと冬の間に作り上げたと言っても、きっと誰も信じない事だろう。他ならぬ私とて、とうてい信じられぬ事だ。

だが、私のこけた頬が、真っ黒の目の下が……痩せろ痩せろと妻に言われていた腹の肉が、すっきりとなくなった事が、このひと冬の苦労を証明していた。

ともかく、私はやり切ったのだ。あとは、スバドへと主君を迎えに戻るだけであった。

フーシャンクラン様の手元に置かれる、秘術軍という器は焼き上げた。中に入れられた酒がどう熟れるか、それは今は誰にもわからない事だ。

『ロゴス様、後の事はお願い致しまする』

『ああ、行っといで』

ロゴス様にタヌカンの事を任せ、私は草原へと送られる塩と共に荒野を発った。不毛の荒野にいてはわからなかった事だが……マッキャノの方ではもう道端にも草花が芽吹きはじめ、ずいぶんと春めいているようだ。

だがそんな春の訪れを楽しむ気力もなく、私は塩の袋を枕に荷駄の上で横になった。下からの車輪の突き上げも、がたがたとした揺れも気にならず。今はただこの荷車の上だけが天国とばかりに、深く深く眠ったのだった。

『お前が荒れ地のフーか』

ツトムポリタの中心にある、超巨大な宮殿であるツトムキャスロ。その中の、端が霞《かす》んでしまいそうな大広間で……俺は片膝をついて跪《ひざまず》き、大首領であるミサゴと対面を果たしていた。

『ミサゴ様、お招きに与《あずか》り恐悦至極』

『嘘《うそ》は好かん、魂魄《こんぱく》が汚れる』

俺の挨拶をつまらなそうにそう切って捨て、筋骨隆々の老人であるミサゴは手元にあった湾刀をこちらへ投げて寄越《よこ》した。

『回りくどいのも好かん。もし貴様が真に当代のラオカンたらんとするのであれば、剣を持って立て』

『私は当代のラオカンたらんとは思っておりませぬ』

ラオカンなんてものには興味がないし、剣を持ったからといってこの屈強な老人に勝てる気など全くしなかった。

『では、なぜ黒髪で生まれ、紺碧剣《チヨノヴアグナ》を持った』

『我が家は父も兄も黒髪です。紺碧剣《チヨノヴアグナ》を持ったのは、その伝説にあやかってマッキャノを困惑させんとしたまでの事』

『では貴様、なぜここまでやって来た』

『荒野を埋め尽くすが如《ごと》きマッキャノの軍を退かせるため』

『そのためならば死をも厭《いと》わぬか』

『それが貴族の責務でありますれば……』

ミサゴは玉座から立ち上がり、大股でこちらへと歩いてきた。

『嘘は好かん。三度は言わんぞ』

『……自分の失敗の責任を取るためです』

『失敗とは？』

跪く俺の前に、ミサゴはヤンキー座りで腰を下ろした。

『勝てない戦いに民を巻き込んだ』

『そんな事は、人を率いて生きていれば何度でもある事。貴様は毎回その責任を取れるつもりでいるのか？』

『先の事はわからない。俺は今、やるべきだと思った事をやっているだけです』

ミサゴはじっと睨《にら》みつけるように俺の顔を覗《のぞ》き込んでいたが……突然、バシン！ と音がして、俺
彼の大きな手が俺の顔を叩《たた》くように摑《つか》んだ。

『ふーん、なるほど……これでは首長や将軍程度では骨抜きにされるわけだ。儂《わし》の心も貴様に蕩《とろ》かされようとしておるが……頭の方は今すぐ殺せと言うておる』

『それはっ……元より、覚悟の上です』

手で鷲摑《わしづか》みにされた隙間からそう言うと、彼は何かを考えるように数回瞬《まばた》きをし、手を放した。

『まあそう急《せ》くな。賽《さい》を持て！』

ミサゴが大きな声でそう言うと、女たちが鉢と二つのサイコロが置かれた台を小走りで運んできた。

『耳長《エルフ》の大古老が言うには、神は賽にて人の運命を占うそうだ』

そう言いながら、彼は二つあるサイコロのうちの八面体の方を俺に手渡した。

『振れ。自らの運命を占うのだ』

是非もなしだ。俺は片膝をついたまま、白乳色の鉢に向けてサイコロを放った。

転がった賽の出目は二だ。

『もう一度』

次の出目は四。

『最後に六面賽を振れ』

最後の出目は、六だった。

『二《に》、四《し》、六《ろ》……そうか貴様、縛られておるか。若い身空でなぁ……縛られた獣ならば、役に立つ間はわざわざ殺すまでもないか』

ミサゴはそう言って、喉の奥を鳴らして笑ったが……急に真顔になって『ハリアットを呼べ！』と怒鳴った。

こんなおっかない親父《おやじ》が、耳がキンと鳴るような大声を出しているのだ。普通の者ならば、それは必死に走ってやって来る事だろう。だが……その先の尖《とが》った靴を履いた少女は、ゆっくりとゆっくりと、優雅に歩いてやってきた。

豪奢《ごうしゃ》にうねる漆黒の髪は艶やかで、長いまつ毛は雛鳥《ひなどり》の羽のように繊細で柔らかい孤を描く。筋の通った鼻の上についた青緑色の瞳は、まるで宝石のように煌《きら》めいていた。

『何ですか？　お父様』

鈴の鳴るような声とはこの事だろうか……まさに傾国の美女、いや、美少女と言えた。

『お前をこの小僧に嫁がせる。お前ほどの器ならば、この毒にも耐えきれるやもしれん。小僧を縛る鎖の一本となれ』

『その人だあれ？』

『悪魔の地よりやって来た、人を惑わす悪魔だ』

ミサゴはそんな事を言って立ち上がり、俺に興味を失ったかのように玉座へと戻った。

『帰ってよいぞ……ああ、そうだ、鍛冶師を連れてきたそうだな。将軍が欲しがっていた故《ゆえ》、帰る前に紺碧剣《チヨノヴアグナ》を一本打ってやれ』

『でしたら、我々が持ってきたものを……』

『田舎の拵《こしら》えの紺碧剣《チヨノヴアグナ》などいらん、その剣を手本にもう一本作れ』

俺の近くに放られた湾刀を指差して、彼はそう言った。ハリアットと呼ばれた少女がそれを拾い上げ、反対の手で俺の服の襟を摑んだ。

『ねえ、行こ。ここつまんない』

『あのっ！　ミサゴ様、それでは失礼致します。また……』

『またはない。儂もう年だ、貴様のような者に会うのは身体《からだ》に悪い。どこへなりとも消えよ』

こうして謁見は終わり、俺は命を拾い、嫁と宝刀を手に入れたのだった。

◆

コダラとイサラと俺がいれば、紺碧剣《チヨノヴアグナ》を作るのに何の支障もないわけだが、問題はそれを求める人の数だった。一本でいいと言われていた紺碧剣《チヨノヴアグナ》であるが……謁見が終わったすぐ後に、マッキャノの大将軍が樽《たる》一杯の紺碧鋼《バイカロン》を持ってきたかと思えば、それに連なるようにして他の将軍たちもやって来たのだ。

それぞれにいつかこういう日が来ると思って集めていたのだろうか、そこそこ貴重だという紺碧鋼《バイカロン》が、小さな山ができそうなぐらいに積まれていた。

『荒れ地のフーよ、どうかお願いできないか？　紺碧剣《チヨノヴアグナ》を持つ事はマッキャノの全ての男の夢なのだ……』

『父祖の代からの悲願なのだ！』

普段の俺なら、偉い人たちにそこまで言われれば仕方がないと、マッキャノとの関係を考慮して首を縦に振っていたかもしれない。だが今の俺の隣には、そういう話をバッサリ断ってしまう女が立っていた。

『嫌よ。そんな話は聞いていないもの』

椅子に深く腰掛け、組んだ足をゆらゆらと揺らしながら、ハリアットは将軍たちにそう告げた。

将軍たちも大首領の娘には強く出られないのか、大汗をかきながらなんとか食い下がっていた。

『しかし、ハリアット様……』

『フーは忙しいの。新婚なのよ』

新婚とは言うが、別に何をするわけでもない。俺はまだ十歳だし、彼女は十二歳だからだ。だが、その言葉は同族には効果《こうか》覿面《てきめん》だったようだ。

将軍たちはたじたじになって去って行き、俺は鍛冶をする間に寝泊まりするため貸し与えられた居室で、彼女とお茶を飲んでゆっくりとした時間を過ごした。

『ハリアットはさ……』

『何かしら？　それと、あなたには特別に私を愛称で呼ぶ事を許してあげるわ』

『じゃあ……リア』

『名前のそこを取るの？　変なの。南蛮の方はみんなそうなのかしら？』

彼女はそう言って、なんだか楽しそうに目を細めて笑った。

『リアはさ、これから荒野に行くわけだけど大丈夫？』

急に結婚が決まって良かったのか、なんて事はいちいち聞かない。こっちの世界じゃあ、親が子供の結婚を決めるのはごくごく普通の事だからだ。もちろん、ウマが合わず夫が妻を家に帰したり、妻が実家に帰ったりする事も普通にあるけど。

『侍女たちが話していたのだけれど、あなた荒野と草原を繋《つな》ぐ商会を作ったんですって？』

『まあ、なし崩しにだけど』

『その商会でこちらの物が手に入るなら、大丈夫じゃないかしら。でも私、お茶とお風呂がない場所は嫌よ』

『では、君のお茶と風呂はこのフーシャンクランの責に於《お》いてなんとかしよう』

お茶は仕入れられるし、風呂の水ぐらいは作れない事もない。地元を離れてタヌカンに来てくれるのだ、できる限り願いは叶《かな》えてあげたかった。

『あとは……つまらない場所じゃなければ、なおいいのだけれど。聞く限り、あんまり楽しい場所じゃなさそうよね』

それに関しては、俺も大いに憂慮しているところだ。

『これから面白くなるように発展させていくさ』

『あらそう』

期待しているともしていないとも言わず、彼女は優雅にお茶を飲み、こう続けた。

『とりあえず、あなたの食事とお茶は私が面倒を見てあげる』

その言葉は意外だった、貴人の婦女子はそういう手が汚れるような仕事はしないのかと思っていたが……。

『どんな英雄でも、毒を盛られたら死んでしまうのだもの。口に入れる物には気をつけないと』

なるほど、貴婦人であるからこそ、逆に一番大事な部分を自ら取り仕切るという文化なのか。

『当代のラオカンなんて呼ばれてるあなたが、ラオカンと同じように身内に盛られた毒で死んじゃったら芸がないでしょう？』

そう言って、お茶を飲んでいるだけで一枚の絵になりそうな彼女は、十二歳とはとても思えない妖艶さで笑ったのだった。


翌日から、俺の部下である岩人《ドワーフ》の鍛冶師、コダラによる紺碧剣《チヨノヴアグナ》作りは始まった。材料となる神剣鋼《チヨノメタル》作りはサクっと終わらせたが、タヌカンで作った物とは分量や工程短縮《ショートカット》のための素材が違うから、正直上手《うま》くできているかはわからない。

ちなみに乙女の髪を貰《もら》おうと思ってリアに頼んでみると、彼女は『贅沢《ぜいたく》な剣ね』と言いながら櫛《くし》で梳《す》いた時に抜けた黒髪を少しだけくれた。まぁマッキャノ族が使う紺碧剣《チヨノヴアグナ》だからな、マッキャノの姫の素材を使った方がいいだろう。乳歯なんかは手に入らないから、鳥の嘴《くちばし》と塗料の原料で代用する。

そうしてできた神剣鋼《チヨノメタル》は、エメラルド・ソードの物とは違って黒みがかった青をしていて、やや鈍い光を放っていた。

「フシャ様、こりゃあタヌカンで作ったのとちょっと違うぞ。緑じゃなくて青色だ」

「タヌカンのは神授鋼《オリハルコン》の量が少なかったからな。でも紺碧剣《チヨノヴアグナ》なんて言うんだから、これが本来の色なんじゃないか？　まぁとりあえずやってみてくれ、材料はいくらでもあるからさ」

「失敗したら、そこで見てる奴《やつ》らに執り成してくれよ？」

「それぐらいならいくらでも」

そんな事を言う彼の周りには、国中の鍛冶職人が集まってきているんじゃないかというぐらい、大量の見学者がいた。鍛冶場を借りる時から『見学させてもらう』とは言われていたし、そもそも紺碧剣《チヨノヴアグナ》の作り方は秘伝でもなんでもない。錬金術師がいれば作れるという事が伝わったからには、これからは彼らの手でどんどん作っていく事になるはずだ。

「あぶねぇからあんま近寄らないように言ってくれ」

『見るのはいいが、距離を取って見てくれ。鍛冶の邪魔になる』

俺がそう言うと、コダラの手元を覗き込むようにしていた鍛冶師たちが少しだけ首を引っ込めた。

『鍛冶場を出入り禁止にしたほうが早いわよ』

リアがぽつりとそう言うと、まるで潮が引くように鍛冶師たちが三歩下がった。さすがはお姫様だ、発言力が違う。これでコダラも仕事をしやすくなっただろう。

『ねぇ、あなたもずっとここで見ているつもり？』

『あ、いや……あとはコダラに任せるつもりだけど』

『じゃあ買い物に行きましょうよ、あっちにないものは買っていったほうがいいでしょう？』

『ああ、そうしようか』

コダラが紺碧剣《チヨノヴアグナ》を打っている間、俺はハリアットに連れられて様々な場所へと赴いた。従兄弟《いとこ》がやっているという服屋、叔母が経営する髪結い、大叔父が勤める雑貨屋に姉のいる楽器屋。はたまた単純に親戚のおじさんの家など、彼女の転居の挨拶回りもかねて、本当に街中を案内してもらった。

マッキャノ自体、大きな家族と言っても過言ではないぐらい結束力の強い国なのだが……その中でも、出身地や血の近さで氏族のような纏《まと》まりを持つらしいという事を、俺はこの旅の中で知った。そしてツトムキャスロの周りの町は、まさにハリアットに近い氏族だけでできた町のようだった。

『ハリアット様、ご結婚おめでとうございます』

『ありがとう。いつものを』

休憩に訪れた茶屋でも、彼女は店員から結婚を祝われていた。

『あの人も知り合い？』

『またいとこよ』

『なんか……ここらへんって君の親戚だらけじゃない？』

『そりゃあ、父が大首領だもの。親戚だって越してくるわよ、親族から大首領が出れば皆で支えるものなの』

『そういうもの？』

『そういうものよ。南蛮ではどうなの？　親戚は集まらない？』

『いや、そういえばうちも同じ城の中に住んでるな……』

『あら、私の親戚よりよっぽどご近所さんじゃない』

まぁたしかに、土地を治めるという事は一族総出でなければやれない仕事かもな。ちっぽけな荒野を治めるうちですらそうなのだ、広大な領土と膨大な民を擁するマッキャノを治めている大首領と考えれば、むしろ親族の数が少ないぐらいに思えた。

『フーの一族はどんな人たち？』

『父と母と、兄が二人と妹。それと家臣に嫁いだ叔母が三人、従兄弟が四人』

『ずいぶんと少ないのね？』

『兄たちも結婚すればもっと増えるよ。それに過去にうちの血が入った家臣たちも沢山いるし、城中が家族みたいなものだから』

『最初から城に集まっているなら、新年の集まりなんかも楽そうね』

彼女の言う新年の集まりというのは、一体どれぐら集まるものなんだろうか。もしかしたらあのでっかい城が、親戚で埋まってしまうんじゃないだろうか？

そんな事を考えていると、ハリアットのまたいとこが、お茶と白いかりんとうのようなものを持ってきた。つまんでみると、なんだか酸っぱくて少し甘い。不味《まず》いというわけではないが、なんとも不思議な味がした。

『これは？』

『乳でできたお菓子よ。大叔母が作っているの』

『……ハリアットの一族はどれぐらいいるの？』

『血の繋がりだけで言うなら……多分、沢山』

『沢山って……』

『うちの一族はマッキャノで一番多い一族だから』

『え？　そんなに？』

でも逆に言えば、それだけ多い一族の出だからこそ、彼女の父はきっちりと大首領を務められているのかもしれないな。

『うちの一族の本拠地はもっと西にあるのだけれど、私はこちらで生まれたから行った事がないのよね』

『そうなんだ』

話しながらも二人で菓子を摘《つま》み、乳と塩の入ったお茶を飲む。なんというか、この国の食べ物はどれもこれも栄養満点という感じだった。そりゃあ親戚も増えるってものかな？

結局、コダラが紺碧剣《チヨノヴアグナ》を打つ数日の間、俺はハリアットに様々な所を連れ回され……ツトムポリタという町と彼女という人間について、少しだけ詳しくなる事ができたのだった。

◆

マッキャノ拵えの紺碧剣《チヨノヴアグナ》を一本残し、俺たちはツトムポリタを出発した。

俺の乗ってきた輿《こし》は一回り大きい物に替えられ、隣にはハリアットが座る。そして俺たちの後ろには、様々な荷物を持った花嫁行列が延々と続いた。

『こんなに連れて遊牧地を越えられるのか？』

『大丈夫よ、通る場所全てに親戚がいるから』

ハリアットのその言葉通り、行きですらほとんど不自由しなかった旅は、帰りはまさに国賓待遇となった。遊牧地では我々のためにわざわざ行く先々に簡易住宅が建てられ、貴重な家畜を毎夜潰しての大宴会。町へ入ってからはずーっと見物人が追いかけてくるような状況で、まさに国を挙げて祝福されているような感じがしたものだ。

まあ、それはいい、いいのだが……町には同時に、俺が考えてもいなかった問題が待っていたりもした。

「フシャ様、この度はご結婚おめでとうございます」

「ありがとうメドゥバル、それでこの人たちは……」

「それが、秘術軍の噂《うわさ》が広まったようで、入りたいという者が毎日毎日やって来てしまい、もう途中からはどうにもできませんで……」

「一体何人いるんだ？」

「三百までは名簿も作れましたが、そこから先はやってもやっても追いつかず……」

メドゥバルが泣き言を言いたがるのもわかる。スバドの町の秘術軍の店の周りに集った人間は、どう数えても五百は超えているように思えた。

「タヌカンでこいつら全員食わすのは無理だぞ」

「今できている販路を維持する人間が必要ですので、ある程度はマッキャノの領域内で吸収できると思いますが……」

「だいたいこんな数の人間を連れて行って問題にならんのか？」

「むしろ長年荒野のままだった悪魔の地の開拓になると、評判を生んでいるぐらいでして……」

そう言われればそうかもしれないが、そうなると、開拓した部分の帰属で揉《も》めそうな気もするな。タヌカン側《うちの》も、さすがにあの大軍を見た後ではもう戦う気にもならないかもしれんが……。

それに、本国は危急の際に結局援軍を送ってこなかったんだ、本当ならば、城ごとマッキャノへ寝返ったって文句は言えないはずだ。王都にいる兄のリーベンスと、父はどう対応したのだろうか……。


そんな事を考えながら荒野に舞い戻る頃には、季節はすっかり春。俺も十一歳になっていた。

「嫁取りーっ！　嫁取りーっ！　フシャ様がマキアノから嫁を取って戻ったぞー！」

荒野にそんな先触れが走る中、城や町からは見慣れた顔や見知らぬ顔がどんどんやってきて、俺たちの輿を取り囲んだ。

「フシャ様ーっ！　無事のお戻りで！」

「お嫁さん？　きれーっ！」

『美しい黒髪だが、あれはどこの氏族の娘だ？』

『どこの田舎者だ貴様は、大首領の娘であるハリアット様も知らんのか!?』

騎士、その養い子、そして町民に交ざって普通にマッキャノ族がいる。あれはマッキャノの町へ運ぶ塩を取りに来た、秘術軍の連中かな？

『驚いた、あんな小さな砦《とりで》からこんなに人が出てくるのね』

『あれが俺の実家、タヌカン城だよ』

『場所はあるんだから、もっと大きなものを作ればいいのに』

まぁ生まれてから不自由なんかした事がないだろう彼女からすれば、そう思うかもしれない。俺も前世の感覚からすれば、あの城は砦だ。いつかは立派な城に建て直してもいいかもしれないが、今は他にやるべき事が山ほどあった。

「フシャ様がマキアノから嫁御を連れ帰っただと？」

「相手はマキアノの姫だというぞ！　さすがはフシャ様だよ！」

「たしかにこの世の者とは思えぬ美貌だが……おいノリン、実際のとこどうなんだ？」

「ハリアットサマ、オウサマの六人目のヒメゴサマ」

騎士たちの間に、牢屋《ろうや》へ入れられていたマッキャノの兵士がいた。あいつ、捕虜から解放されたのにマッキャノに帰らなかったのか？　こんな荒野に残るなんて物好きなやつだな。

群衆の中をよく見回すと、なんともう一人の虜囚と占い師の婆《ばあ》さんまでもが残っている。もしかしたら、マッキャノ人側からその言語力を買われて、通訳として残ってくれと言われたのかもしれないな。

「おっ！　ありゃあ懐かしい顔がいやがるぜ！　おーい！　ワモローッ！」

「誰かいた？」

「昔の仲間だよ、ありゃあ遅れてきたんだな。昔から寝坊をする奴だった」

なんだか嬉《うれ》しそうにそう言うキントマン目掛けて、なんだか複雑な刺繍《ししゅう》の入った服を着たその巨漢は、一直線に駆けてきた。

「おいキント！　なんで面白そうな戦があったのに俺を呼ばねぇんだよ！」

「きちんと呼んだろうが、手紙を見たからここに来たんだろ？」

「おめぇは俺が字が読めねぇ事ぐらい知ってんだろうが！」

「字ぃ？　お前まだ読めなかったのか？」

「バカにしてんのかこの野郎！」

「おーおー落ち着けよ」

馬に乗ったキントマンとほとんど同じ目線の、乱れ髪を三つ編みにしたその男は、馬と一緒に横歩きしながら器用にキントマンの胸ぐらを摑んだ。傍《はた》から見るとでっかい獣二匹がじゃれ合っているようにも見えたが、キントマンの乗った馬だけが、なんだか迷惑そうに大きな鼻息を漏らしていた。

『南蛮の人は背が高いのね』

『いや、あれは特別高いよ。イヌザメよりでっかい人がいるとは思わなかったよ』

そんな話をしている俺たちの輿に、そのでっかい男はまた横歩きをしながら話しかけてきた。

「よぉ、あんたがフーシャンクラン様ってのか？」

「ああ、そうだよ」

「次の戦があったらよぉ、この『大木《たいぼく》』のワモロ様を一番に誘いな！　役に立つぜ！」

「戦なんかそうそうないが、その時はキントマンに手紙以外で誘うように言っておくよ」

「あとよぉ、俺は見ての通り芸術の道に生きる男なんだ。絵付けの仕事なんかがあったら回してくれや」

「え？　芸術？　あ、まぁ……わかったよ」

「絶対だぜ！」

どこが見ての通りなのかはわからないが、キントマンの仲間なら今度何か仕事を振ってみようか。

他にも遅れてきたキントマンの仲間はそこそこいたようで、彼は何人かの仲間に囲まれていた。

『殺風景な所だけど、案外賑《にぎ》やかなのね』

『まあ……そうだな』

この賑やかさは、去年まではなかったものだ。これだけの人がうちの地元に集まってくれるようになったという事は……後悔しきりの去年からの騒動の中でも、明確に良かったと言い切れる点だった。

後悔の種は尽きないが、為政者側というものは後悔ばかりもしていられないもの。不可抗力とはいえ、次兄よりも早く自分の家庭を持つ事になってしまったのだ。しっかりしなければな。

そんな決意を固める俺をよそに、行列は淀《よど》みなくずんずんと進み……俺たちは無事、タヌカン城へと戻ってくる事ができたのだった。

◆

「まずは無事の帰還を心から嬉しく思う」

「本当によかったわ。ムウナはあなたを心配して毎日泣いていたのよ」

城をあげての賑やかな酒宴の後、俺は父と母の寝室へと呼ばれ、改めて親子の抱擁を受けていた。

「心配かけて悪かったよ。一応こっちはいいように転んだけど、タヌカンの方はどうなったの？　王都からは何か言ってきた？」

言い訳と謝罪のための使者ぐらいは来たんだろうか？　そう考えていた俺に、父が告げた言葉は衝撃的なものだった。

「いいか、フーシャンクラン……落ち着いて聞きなさい。王国はタヌカンを完全に切り捨てた。軍を送らぬ詫《わ》びを入れるどころか、所定の税を納められぬならば、奪爵をするとまで言ってきたのだ」

「奪爵!?　ていうか税!?　あんな事があったのに、今年の分は待ってもらうとかできないの？」

「税など、この領のどこに払う余裕がある？　そもそもこれまでは税どころか、生かしておくための捨扶持《すてぶち》を貰っていたぐらいだ」

そうだったのか……なんとなくそんな気もしていたが、うちの辺境伯というのは本当に名前だけのものだったんだな。逆にそんな状況で、兄のリーベンスが中央に食い込めたというのが凄《すご》い話なのかもしれない。

「もう王国にとってタヌカンは、本当に無用の長物になったというわけだ。この小さな砦は、役割を終えたのだ……」

父はそう言って、力なく笑った。まあ、これまでタヌカンがマッキャノへの防波堤として生かされてきたのだとしたら……王都の連中は今回の事で、彼らがカラカン山脈を越える事はないと判断したのだろう。

「あ、そうだ……リーベンス兄さんは？」

「リーベンスは王都で官職を持っている。領地の危機にも戻れず、爵位も守れずすまなかったと詫びの手紙が届いたが……仕方のない事だ。あいつは王都に残って正解だった、少なくとも、タヌカンの名と血は残る」

静かにそう話す父の身体は、なんだか俺が荒野を出た時よりも幾分小さくなったようにも見えた。この冬で一生分の苦労をしたようなものだ、以前はなかった白髪まで出てきているようだ。

「フーシャンクラン、お前も王都へ行くか？　マキアノの商人が色々なものを持ち込んでくれて町は賑やかになったが……どだいこの土地は、人が暮らしていくには厳しすぎる土地だ。爵位があろうがなかろうが、捨扶持がなくなればこの城も維持していく事はできんよ」

「父さん。父さんはそれでいいの？」

「俺とて、若い頃はお前のように様々な事をやった。書を紐解《ひもと》き、土を耕し、様々な種を求めては植えた……」

そうか、父が「畑をやりたい」と言い出した十歳の俺に「やれ」と許可をくれた理由は、自分も挑戦してきた事だったからなのか。

彼は深い諦観を宿したその瞳で、しっかりと俺の目を見つめて続けた。

「だが、その全ては上手くいかなかった。何をやっても、この大地は我々を拒絶した。そしてそれは俺だけの挫折ではない、父も、その父も、その父たちも、味わってきたものだ」

父は俺の前に跪き、その身体で俺を力いっぱい抱きしめた。そうしながら話し続ける声は、なんだか震えているような気がした。

「成功したのは、お前だけだ、フーシャンクラン。まだ小さなお前だけが、この荒野を手懐《てなず》け、そこから芋を取り出してみせた。きっと、きっと、お前がいるリーベンスの代には、この領地は不毛の呪いから解き放たれ、大きく発展した事だろう……」

俺の肩は、いつしか父の涙で濡《ぬ》れていた。

「この領を……お前たちの代に繋げられなかった事、それだけが俺の罪だ。そしてお前は、その小さな身体で精一杯やった。やったんだ。お前はもうこの荒野に……不毛の大地《バッドランド》に……縛られる事はないんだ、フーシャンクラン」

「父さん……」

俺は震える父の背中に手を回し、ポンポンと叩いた。

たしかに、タヌカンの状況は良くない。たしかに、この荒野にこだわる必要なんか、もうないのかもしれない。たしかに、たしかに、諦める理由も、他で生きていく方法も、あるのかもしれない。

だが……。

「……税の支払い期限はいつ？」

「フーシャンクラン……お前、一体何を……」

この荒野《バッドランド》は、このフーシャンクランの故郷《おれ》なのだ。そしてタヌカン辺境伯家はその実家の生業だ。

そこには諦める理由と同じぐらい、諦めるべきでない理由もあった。

「やれるよ、多分」

そして何より、此度《このたび》の旅で広い世界の一端を見てきた俺には、一つの確信があった。これだけの人数がいて、物が手に入る流通網があり、外敵がおらず、俺の錬金術がある。全ての条件は揃《そろ》っているはずだ。

この不毛の荒野を切り開き、税を払い、領民たちを食わせていく、理想の未来。俺には、今のタヌカンでならば、それを掴み取る事ができるという確信があったのだ。

「親父……頼む、俺に時間をくれ。三年でいい」

「本気か……？」

父は俺から身体を離し、涙でぐしゃぐしゃの呆《ほう》けたような顔で俺を見つめる。俺はその顔の前に、指を三本立てた。

「三年で、この領に辺境伯家が食っていけるだけの自力をつける」

「それまでの間は……どうするつもりだ？　物を買うにも、金がいるのだぞ」

「どうしたらいいか、聞いてみるさ」

「……誰に？」

胡乱《うろん》げな父の問いに俺は胸を張り、握った手の親指をそこに突き立ててこう答えた。

「俺という器の、中身たちにだよ」

過ぎ去ったはずの危機は、中身を変えてまたやって来た。だが人間を拒絶する場所で生きるという事は、本質的にそういう事なのだ。絶地はただ、あるがままにあるだけ。そして俺たち人間は、その欲深さのままに、望んで危機の中へ身を置くだけだ。

父の涙を母が拭う中、俺は部屋の窓を開けた。真っ暗闇の中に、ごうごうと風が吹く音だけが聞こえる。生まれた時から、ずっと聞いてきた音だ。俺の生まれた、荒野の風音だ。

ぶるりと、身体が震えた。

それが春先の風の冷たさのせいなのか……。

あるいは武者震いなのか……。

俺にはまだ、わからなかった。

春の日、フーシャンクラン、マキアノの地より戻る。
黒髪の美姫《びき》を得て、数々の宝を持って、神秘の軍を従え戻る。
しかし、タヌカン領未《いま》だ危機にあり。
王、税を求むれば、デントラ膝を折り、タヌカンの地を捨てようと申す。
然《さ》れどフーシャンクラン、三年の時を所望す。
我が器に懸け、三年のうち、この地を富まさんと申す。
我ら北極真宗、その器の中にあり。
光強ければ、闇また強し。
闇、我らの領分なりて、影として働くもの也《なり》。
纂修《さんしゅう》せしフーシャンクランの真言、選ばれし者へ伝ず。

北極《バッドランド》伝説《サガ》 第六集

暖かな日差しの中を、乾いた風が吹き抜ける春の荒野。

石とゴミと土塊《つちくれ》ばかりのその大地を畑にせんと、大量の人間が開墾に奮闘している中……俺は新妻であるハリアットに呼ばれて出向いた港の商談用の建物で、三人の見知らぬ男たちと向き合っていた。

傍らにウロクを置きながら椅子に座ってお茶を飲むハリアットに対し、男たちは床に片膝をついたマッキャノ式の礼をしたまま微動だにしない。俺のお付きのイサラは剣の柄《つか》に手をおいたまま、そんな彼らをじっと見つめていた。

『……それで、彼らは誰？』

ハリアットにそう尋ねると、彼女は銀のカップを机へ置いて首を傾《かし》げた。

『商人だけれど？　フーシャンクラン、あなた金子が必要だと言っていなかったかしら？』

『そりゃあ、必要だけど』

現在この荒野には、二つの問題があった。

一つは人が増えすぎた事。元々小さい畑と細々とした漁業でギリギリ食っていた領に、大量の人がやって来たのだ。

秘術軍全体で五百人は食わせてみせると、メドゥバルはそう豪語していたが。ツトムポリタからの帰り道にもついてくる者が増えた事もあってか……今荒野にいるマッキャノだけでも、すでに五百人を超えているようにも見える。

現在急ピッチで彼らに畑を作らせているが、そこから作物が取れるまでの間も食わせていく必要があり、その飯を買うために金が必要だった。

そしてもう一つは……。

『なんだか、山向こうの大首領《フォルク王国》にも税を払わなければならないとも言っていたわよね？』

『ああ、秋までにな』

この地を治めるタヌカン辺境伯家の属しているフォルク王国から、マッキャノとの戦争の後にこれまで貰《もら》っていた捨扶持《すてぶち》が打ち切られ、更に秋までに払えと税金まで要求されている状況なのだった。はっきり言ってこの二つの問題のせいで、金なんかいくらあっても足りない、タヌカン領の台所は火の車どころか消し炭だ。

再びマッキャノへ赴いて、秘術軍の交易路の調整をやっているメドゥバルが帰り次第、金策を始めようとは思っているが……今はまだ、何も対処できていない状況だった。

『なら、その者たちに金子を出させればいいわ』

『出させるったって……』

つまり、彼らに何かを売って金を用意しろという事なんだろうが……今はマッキャノから帰ってきたばかりで、ポーション等も在庫切れのままだ。

マッキャノから荒野へやって来た物資などもあるにはあるが、そんな物はマッキャノ商人には見慣れたものだろう。申し訳ないが、商人には一度空荷で帰ってもらう事になるな……。

『……商人たちよ、実は今この地には売り買いできるような商品が何もないのだ。無駄足を踏ませてしまって誠に申し訳ないが……』

俺が商人にそう詫《わ》びようとすると、椅子から立ったハリアットに肩を叩《たた》かれた。

『……どうした？』

『南蛮流《フォルク》は回りくどいわ』

そう言って彼女が俺の前についと出ると、商人たちは膝をついたまま更に深々と頭を下げた。

『ちょっと金子が必要なの。うちの旦那に投資させてあげる』

いくらこちらが貴族であちらがいち商人といっても、この言い様は無茶苦茶だ。しかし、そんなハリアットのとてつもなく尊大な物言いに、返ってきたのは意外な言葉だった。

『おひいさまの旦那様のためでしたら、いくらでも』

『ありがたい事にございます』

『金子だけと言わず、必要な物があれば何でも仰《おつしや》ってくださいませ』

なんと、商人たちは異を唱えるどころか、彼女の言葉を全肯定してみせたのだ。いやいや、そんなわけないだろ。

『ハリアット、無理を言うのはよくない。彼らにも生活があるだろ』

『無理なものですか、十分元は取れるはずよ』

『然様《さよう》でございます』

ハリアットの言葉にそう返して顔を上げたのは、鼻の上に真一文字の傷が入った男だった。

『フーシャンクラン様、お初にお目にかかります。私はしがない商家をやっている者で、ダラシギと申します。お噂《うわさ》はかねがね……』

『……この地を治めるタヌカン辺境伯家の三男、フーシャンクランである』

『率直に申し上げますが、我々全員、この地におられる同胞の方々のご実家とは、大変懇意にさせて頂いておりまして……無理など少しもしておりません、むしろご恩を返す好機ってなもんで……』

彼は今にも揉《も》み手《で》でも始めそうな様子で、たしかに困っているようには見えなかった。

『この人、うちの分家の人なのよ』

『分家？　そういえばハリアットには親戚が一杯いるんだったな』

『そっちの人はウロクの叔父、端の人は占いおばば《ロゴス》の大甥《おおおい》。逆にここの利権に食い込めないと問題になる人たちだから、気にしなくていいわ』

なんだかわからないが、親戚だから頼りにしてもいいという事なんだろうか？

『じゃあ……頼りにしてもいいのか？』

『いいのよ』

『ぜひぜひ』

とはいえ、彼らにだって商会での立場というものがあるだろう。できれば何か、お土産を持たせてやりたいところだった。

『条件なんかはあるか？　俺にできる事ならば聞こう』

そう聞くと、ダラシギはなんだか嬉《うれ》しそうに歯を見せながら『では……』と、グーにして出した右手の人差し指をピンと立てた。

『そう言って頂けるのでしたら、ぜひ町へ商館建設の許可を……』

『建設に関して、うちから金は出せないがいいか？』

『とんでもございません、許可だけ頂ければようございます』

はっきり言ってうちの城下町なんか、寂れきった廃墟《はいきょ》みたいなものだ。あんなところに商館を建てて意味があるのかはわからないが、まぁ逆に言えば商館を建てなきゃ泊まる場所もないわけだしな。

『それとできましたらば、港へ倉庫を作らせて頂きたく……』

もう一本指を立てながら続けて彼はそう言うが、それは兄の領域だ。

『そちらは兄のコウタスマと交渉してくれ、後で取り継ごう』

『忝《かたじけ》のうございます』

そして彼は更にもう一本指を立てて、こう続けた。

『それと、なんでもフーシャンクラン様は万病を退ける神薬をお持ちであるとか。もし可能でしたら、その商いの端に加えて頂けましたら……』

『そんな物はない』

『あら？　ないの？　神医フーシャンクランって、ツトムポリタでは噂になっていたのに』

ハリアットはなんだかつまらなそうにそう言うが、そんな物があったらこんなに貧乏してないよ。

『神薬はないが、軽い薬やポーションぐらいなら作れる。秘術軍のメドゥバルが戻ったらそちらと話してくれ』

『助かります』

『他にはないか？』

『そうですなぁ。そのぅ……商売とは関係のない話なのですが……』

『別にいいよ』

俺がそう言うと、ダラシギはなんだか言い辛《づら》そうに……というか恥ずかしそうに、うつむき気味に頬を掻《か》きながらすくっと立ち上がった。

『実はですな！　恥ずかしながら……当代のラオカンと名高いフーシャンクラン様に、ぜひ我々に洗礼を頂きたいのです！』

『洗礼？』

『マッキャノでは、子供が生まれたら教会で洗礼をするのよ』

『大人だろ？』

俺がダラシギを指差しながら首を傾げると、彼は赤面したまま両手を広げた。

『ですので、恥ずかしながらと申し上げた！』

『洗礼っていうのはね、その赤ん坊と結びつきの強い人間がやるものなの。この三人は洗礼をやり直してでも、あなたと強い縁を持ちたいってわけ』

え？　つまり、彼は俺と強く結びつきたいって言ってるわけか？

年上の髭《ひげ》のオッサンと強く結びつくのって……なんかちょっとやだな……。

『この一命をかけて！　お願い申す！』

『ラオカンによる洗礼は男の夢であれば！』

『ご無理は承知の上！　何卒《なにとぞ》御慈悲を！』

そんな俺の躊躇《ためら》いを感じ取ったのか、ダラシギと一緒に跪《ひざまず》いていた男たちも立ち上がり、こちらへ懇願し始めた。

じりじりと近づいてくる男たちに、俺は一歩退《ひ》いた。が……その眼《め》の前に、男たちと俺を隔てるように薄緑色に輝く剣が突き出された。それはイサラの持つ、マッキャノでは紺碧剣《チヨノヴアグナ》とも呼ばれているエメラルド・ソードだった。

『わーっ！　紺碧剣《チヨノヴアグナ》だ！』

『本物だ！』

『来て良かったぁ！』

剣を突きつけられても、当人たちは恐れるどころか大喜びだ。まぁ、マッキャノ人の紺碧剣《チヨノヴアグナ》好きは凄《すご》いしな……。

「……こいつら、一体何を騒いでるんですか？」

「童心に返ってるんだよ……多分」

自分たちに向けられた剣に、子供のようにはしゃぐ彼らを気味悪そうに見ながら、イサラは俺の前に壁となるように位置を取った。

「何だってんだよぅ」

「なんか、俺に洗礼をしてほしいんだってさ」

「あー、あのね。マッキャノの大首領になるような人たちの、おじいさんのおじいさんのおじいさんとかにー、ラオカンによって紺碧剣《チヨノヴアグナ》で洗礼を受けたーって人が結構いるよ」

ハリアットの横で、なんだか面白そうな顔で商人たちを見ていたウロクが、そう補足してくれた。

なるほど、つまり……権威付けって意味もあるわけか。それならば、俺にだってまだ理解はできる話だ。

「洗礼をしたら、した相手に便宜を図らないといけないなんて事はないだろうな?」

「なーいない。むしろ季節の変わり目に、おじさん元気してましたかー?ってお土産持って挨拶に行くぐらいだよ」

俺はラオカンじゃないし、剣も多分ちゃんとした紺碧剣《チヨノヴアグナ》じゃないんだが……別にやって損をするような事でもないなら、まぁいいか。何より、やらなきゃ納得しそうにないからな……。

『しょうがないな……それで、洗礼ってのはどうやるんだ?』

『おお！　おお！　洗礼を下さるか！』

『ありがたい！』

『光栄です！』

そう言いながら男たちは上着を脱ぎ捨て、毛むくじゃらの上体を露《あら》わにした。

『我々は跪きます故、剣の腹にてその背中を打って頂きたい』

三人がこちらへ背中を見せて床へ跪くと、その隣にハリアットが立ち、厳かに口を開いた。

『このツトムポリタのハリアットが洗礼の儀、見届けるものとする……【げんきにそだてよ】』

『え？』

俺が聞き返したのは、言葉がよく聞こえなかったからじゃない。耳に入ってきたその言葉が、信じられなかったからだ。

『【げんきにそだてよ】よ。そういえばこれもラオカンが使い始めたのよね、教会の聖句なの』

【げんきにそだてよ】

それは、懐かしい響きの言葉だった。

きっと、俺も親に言われてきたであろう言葉。

そして、俺がもし親になっていたならば、言っていたであろう言葉。

それは二度と聞けないだろうと思っていた、故郷の言葉……不意打ちで聞かされたそれは、俺が前世で使っていた言葉だった。

『もう一回……もう一回言ってくれないか？』

『【げんきにそだてよ】……ねぇ、あなた、泣いてるの？』

「フシャ様？　どうかされましたか？」

なんだよ、ラオカン。あんた、同郷の人だったのかよ。

急にやってきた郷愁に、いきなりぶん殴られたように涙が止まらなかった。懐かしい響きが呼んだ郷愁が、自分ひとりじゃなかったんだという安堵《あんど》感《かん》が、二度と戻れないんだという切なさが、俺の胸をいっぱいにしてしまったのだ。

『ちょっと、待ってくれ……』

心配そうにこちらを見つめる皆に掌《てのひら》を向けながら、俺はしゃくり上げそうになる涙を押し止《とど》めた。

こんな事、誰に言っても伝わらない話だ、説明をしても心配をかけるだけの事なんだ。頭ではそうわかっていても、なかなか涙は引っ込まず……俺はもう涙が流れるがまま、震える声で話を続けた。

『……【げんきにそだてよ】か』

ラオカンさん、あんたの子どもたちは、立派に、元気に育ってるよ。だからその子どもたちに、俺が続けて洗礼するとしたら、きっとこういう言葉になるんだろう。

【おしあわせに】

俺はそう言って、イサラから受け取ったエメラルド・ソードで商人の背中を叩いた。

『今なんて言ったの?』

隣にいたハリアットにそう聞かれたが、言った所で伝わるわけがない事だ。

それに、たとえ伝わったとしても照れくさいぐらい、月並みな言葉だと自分でもわかっていた。

だから俺は『ないしょ』と誤魔化して天を仰ぎ、涙の止まらぬ目をそっと瞑《つぶ》ったのだった。

オー　ジーア　バーセクラ

遠い荒れ地のフーシャンクラン
山の麓のフーシャンクラン
大きな赤子の洗礼に
涙の川から剣を振る
ラオカン残したあやことば
続きを加えて剣を振る
オー　ジーア　バーセクラ
オー　ジーア　バーセクラ

作者不明　わらべうた

あとがき

はじめまして。『バッドランド・サガ』の著者、岸若《きしわか》まみずと申します。
この本を手にとって頂いた皆様、本当にありがとうございます。

この本はWEB小説投稿サイトであるハーメルン様、小説家になろう様、カクヨム様に投稿されていた小説を、書籍化に当たって加筆修正したものとなります。

『バッドランド・サガ』は僕の商業小説家としてのデビュー作であります『異世界で 上前はねて生きていく~再生魔法使いのゆるふわ人材派遣生活~』を連載開始する時、どちらを連載しようか迷ったぐらいには昔から構想があった小説です。それをこうしてきちんと書籍という形にして世に出す事ができ、大変嬉《うれ》しく感じております。

思えば学生時代は通学やアルバイト中にオートバイを運転する事が多く、運転中の暇な時間にボーッと小説にもならない話の雛形《ひながた》のようなものを考えていた気がします。当時からWEB小説を読む事が好きだったため、暇な時間に試験範囲のおさらいをするでもなく「あの小説、自分ならこうするのにな」と無責任な妄想を繰り広げておりました。

そんな妄想がこうして様々な方の力をお借りして本になるわけですから、やはり小説というのは夢がある世界だなと思います。

ところでそんな学生時代に乗っていたのは、バイト先の先輩から五万円で譲ってもらった、カワサキのバリオスというバイクでした。排気量の割に気筒の多いバイクで、そこまで速くはないものの音だけはレーシーな感じがしたものです。

とにかく金がない学生時代、大事な愛車も壊れた場所は壊れっぱなしです。ズッコケて割れたフロントフェンダーは雨水を防がず、濡《ぬ》れた路面を走るたびに身体《からだ》が泥まみれになりました。だけどそういう大事な場所は直さないのに、マフラーは変えてみたいから変えるわけです。当時の僕は怖いもの知らずでしたので、当然作業もケチって自分でやるわけです。アイドリングが全く安定しないと頭を抱えていたら、規定トルクで締められていなかったナットが緩んで発生した排気漏れが原因だった事もありました。

当時通っていた大学には駐車場がなく、バイク通学の人が多かった環境でした。そして大学の駐輪場には、僕のようにどうしようもないバイク乗りが沢山いました。一年生がピカピカのバイクを買って、上手《うま》くないから転ぶ。そして金がないから壊れたまま乗って、どんどんボロボロになっていくわけです。

私が大学生の頃のベストセラーバイクといえば、カワサキのNinja 250Rという車種。春先の駐輪場には、まるでバイク屋の店内のように、ピカピカのそれがズラッと並んでいました。学校が始まって一ヶ月も経《た》つとレバーの曲がった車体や、カウルの横が擦れている車体が増え、夏になると爆音を撒《ま》き散らすマフラーを装備した車体が出てきて、駐輪場はどんどん賑《にぎ》やかになります。

秋になる頃には、ミラーがもげたりアンダーカウルがなかったり、個性豊かな顔ぶれになり……

そして冬になると急に駐輪場はスカスカに。なぜなら、凍えるような寒さの冬にバイクに乗るのは大変な苦痛だからです。

冬の間バイク通学を止《や》めるという選択をできた学生たちと違い、本当に金のなかった僕は毎日毎日バイクで学校へ通いました。そしてその通学中、指先が千切れそうな寒さに震えながら、前にも後ろにも行けない渋滞に巻き込まれ、朦朧《もうろう》とする意識の中で僕はずっと映画『マッドマックス』の撮影地、オーストラリアの大地に想《おも》いを馳《は》せていたのです。

こんなごみごみした渋滞ばかりの日本を離れ……土煙舞う荒野を、地平線目掛けてバイクでぶっ飛ばせたらどれだけ気持ちがいいだろうか。かじかむ手を熱いエンジンに当てながら、そんな事をずっと考えていました。

もちろん僕は貧乏学生、オーストラリアには行けません。オイル代にも四苦八苦するような日々の中、旅行なんていうセレブな行為は夢のまた夢でした。

そんなつまらない日々をのらりくらりやり過ごすうち、いつしか鉄の馬に跨《また》がったバイカーの群れは勇猛な騎馬民族に姿を変え、僕の頭の中に居座り始めました。そして彼らは十年の時を超え、小説という形で世の中に旅立っていく事になりました。

よく「構想◯◯年」という言葉を目にする事がありますが、僕と『バッドランド・サガ』の「構想十年」はまさに呪いのようなものでした。自分の中に居座るならず者たちをフーシャンクランという依代《よりしろ》でなだめすかして、文章の上に追い出しただけとも言えます。

あの頃のバリオスは既になく、僕もバイクを何台も乗り継ぎ、今は繋《つな》ぎで買ったはずが全く壊れない激安のスーパーカブに乗っています。ですが、どんなバイクに乗っていても……あの日僕が夢想していた土煙の中の地平線は、今もなお新鮮に心に浮かび上がります。

きっと一生オーストラリアに行く事はないと思いますが、こうして別の形で夢を実現できたなら、まぁいいかなという感じもしています。

そんな夢が叶《かな》えられたのも、ひとえにハーメルン、小説家になろう、カクヨムにてこの小説を読んでくださった読者の皆様方のお陰でございます。本当にありがとうございます。

そして本作を刊行するに当たってお力添えを頂いた編集部の方々、担当編集のH様、イラストレーターのニシカワエイト様、本当にありがとうございました。

それでは皆様、またいつかどこかでお会いできましたら幸いです。

岸若まみず

作品のご感想、ファンレターをお待ちしています

あて先

〒141-0031　東京都品川区西五反田 8-1-5 五反田光和ビル4階
ライトノベル編集部
「岸若まみず」先生係／「ニシカワエイト」先生係

スマホ、PCからWEBアンケートにご協力ください

アンケートにご協力いただいた方には、下記スペシャルコンテンツをプレゼントします。
★本書イラストの「無料壁紙」　★毎月10名様に抽選で「図書カード（1000円分）」

公式HPもしくは左記の二次元バーコードまたはURLよりアクセスしてください。
▶ https://over-lap.co.jp/824010292
※スマートフォンとPCからのアクセスにのみ対応しております。
※サイトへのアクセスや登録時に発生する通信費等はご負担ください。

オーバーラップノベルス公式HP ▶ https://over-lap.co.jp/lnv/

バッドランド・サガ 1
～カリスマ極振り異世界転生者の無自覚辺境再建記～

発　行　2024年12月25日　初版第一刷発行

著　者　岸若まみず

イラスト　ニシカワエイト

発 行 者　永田勝治

発 行 所　株式会社オーバーラップ
〒141-0031
東京都品川区西五反田8-1-5

校正・DTP　株式会社鷗来堂

印刷・製本　大日本印刷株式会社

ISBN　978-4-8240-1029-2 C0093

【オーバーラップ　カスタマーサポート】
電　話　03-6219-0850
受付時間　10時～18時（土日祝日をのぞく）

コミカライズ
連載中!!
お気楽領主の
okiraku ryousyu no tanoshii ryouchibouei
楽しい
領地防衛
～生産系魔術で名もなき村を
最強の城塞都市に～
Sou Akaike
赤池宗
illustration 転
ハズレ適性の生産魔術で
辺境を最強の都市に!?
転生者である貴族の少年・ヴァンは、魔術適性鑑定の儀で“役立たず”とされる生産魔術の適性判定を受けてしまう。名もなき辺境の村に追放されたヴァンは、前世の知識と“役立たず”のはずの生産魔術で、辺境の村を巨大都市へと発展させていく――！
OVERLAP
NOVELS

不良聖女の巡礼
追放された最強の少女は、
世界を救う旅をする
「私は神を信じていない」
——この聖女、異端にして最強
[著] Awaa
[illust.] がわこ
最強“不良”聖女が世界を救う
ヒロイックファンタジー、開幕!
OVERLAP NOVELS
聖女候補として学園に通っていたリトル・キャロルは、儀式で謎の『腐食の力』を発現したことをきっかけに、聖女としてふさわしくないと追放されてしまう。平穏な生活を求めて旅に出たキャロルだが、行く先々で無意識に目立ってしまい、次第に噂され始め——?

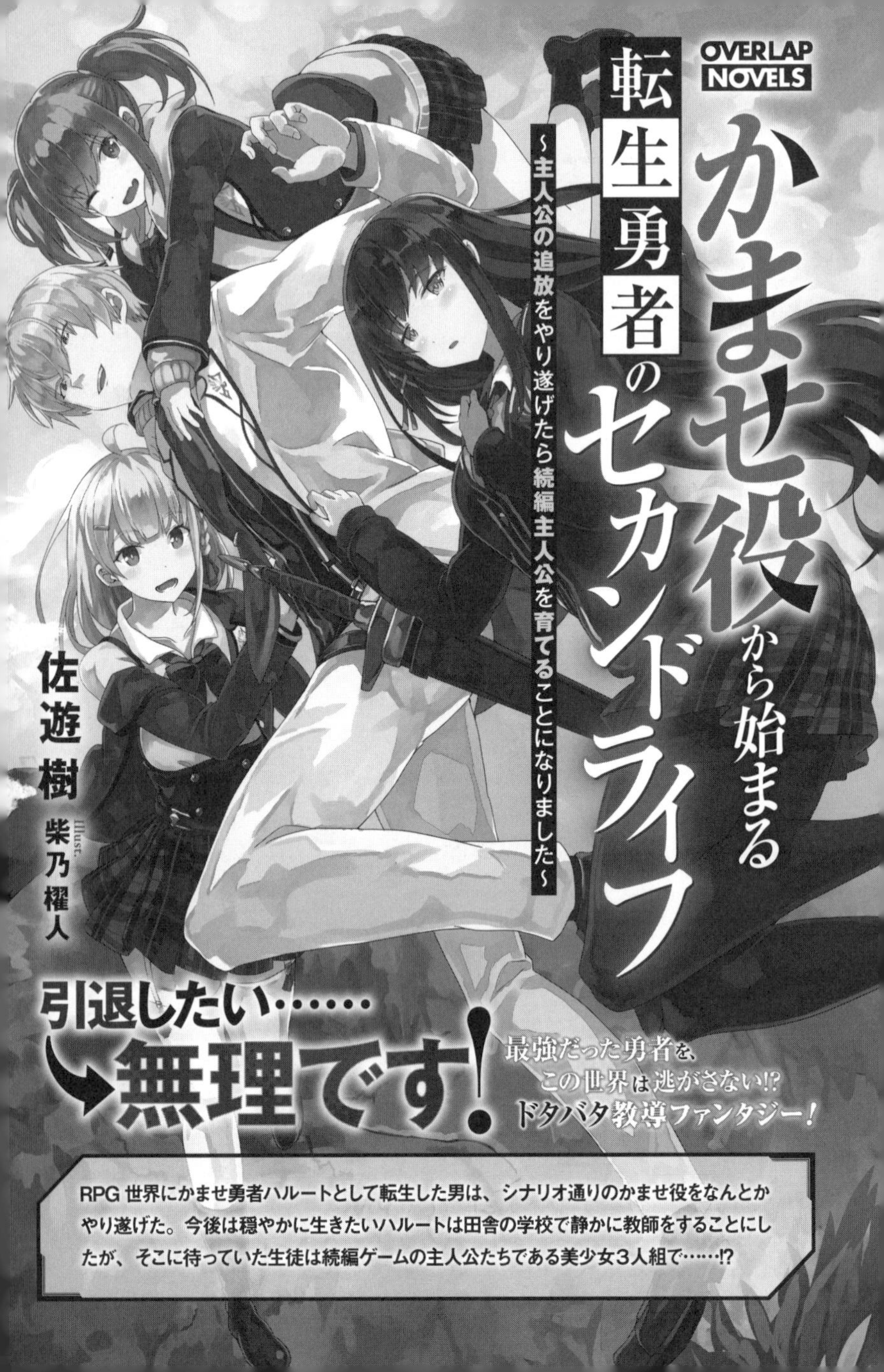
OVERLAP NOVELS
かませ役から始まる転生勇者のセカンドライフ
～主人公の追放をやり遂げたら続編主人公を育てることになりました～
佐遊樹
Illust. 柴乃櫂人
引退したい……
無理です！
最強だった勇者を、
この世界は逃がさない!?
ドタバタ教導ファンタジー！
RPG 世界にかませ勇者ハルートとして転生した男は、シナリオ通りのかませ役をなんとかやり遂げた。今後は穏やかに生きたいハルートは田舎の学校で静かに教師をすることにしたが、そこに待っていた生徒は続編ゲームの主人公たちである美少女３人組で……!?

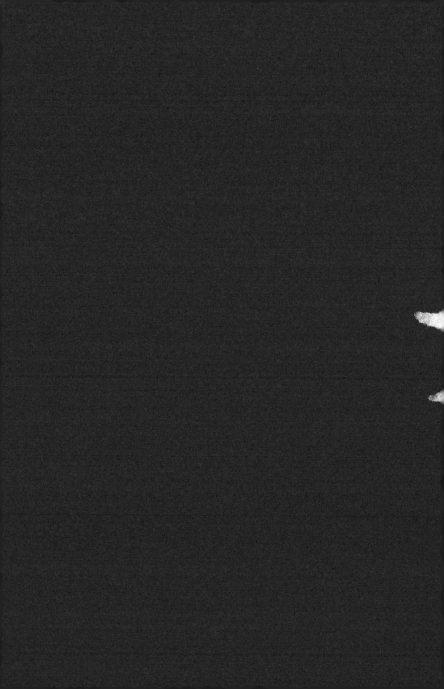